告別成長的煩惱②

追逐夢想
的哈比

關麗珊

著

U0060925

新雅文化事業有限公司
www.sunya.com.hk

告別成長的煩惱 2
追逐夢想的哈比

作　　者：關麗珊
插　　圖：Sara Costa
責任編輯：陳友娣
美術設計：何宙樺
出　　版：新雅文化事業有限公司
　　　　　香港英皇道 499 號北角工業大廈 18 樓
　　　　　電話：(852) 2138 7998
　　　　　傳真：(852) 2597 4003
　　　　　網址：http://www.sunya.com.hk
　　　　　電郵：marketing@sunya.com.hk
發　　行：香港聯合書刊物流有限公司
　　　　　香港新界大埔汀麗路 36 號中華商務印刷大廈 3 字樓
　　　　　電話：(852) 2150 2100
　　　　　傳真：(852) 2407 3062
　　　　　電郵：info@suplogistics.com.hk
印　　刷：中華商務彩色印刷有限公司
　　　　　香港新界大埔汀麗路 36 號
版　　次：二〇一八年三月初版

ISBN: 978-962-08-7002-6

目錄

第一章
夢想做球星

哈比發現大人的道理總是矛盾，他想跟大人好好傾談，可惜，沒有大人願意細心聽他説話，包括他的爸爸。

當他遇上不明白的事情，自然向大人發問，不過，大人不會直接回答，最喜歡説他還小，長大後自然明白。當他不願依照大人指示做某些事情的時候，大人愛説他已經長大，別像小孩子一樣鬧情緒。哈比不知道他到底算是還小，抑或已經長大了。

升上小六以後，哈比和同學小博士一起放學，間中會在快餐店買小食，尤其是買一送一的時候。大人常説快餐店的食物無益，但他們依然帶同小孩來吃東西，到底快餐食物是有益還是無益呢？

今天放學沒有課外活動，哈比可以自己回家，他

跟小博士溜進快餐店吃買一送一的蘋果批，兩人坐在近窗的位置，很快幹掉手上的蘋果批。

哈比透過落地玻璃望出去，只見街上人來人往，每個人都有地方要去似的，有些大人推嬰兒車，有些手抱幼兒，也有跟孩子手拖手的。哈比想起媽媽，很久沒有再見她，甚至記不起媽媽抱他的感覺。

「快吃啊，媽媽快來接我回家。」小博士說，將哈比帶回現實。

「嗯。」哈比輕輕回應。

「你媽媽呢？許久沒有見她來接你放學，課外活動都是工人姐姐來接你的。」

「她很忙，而且，我已經長大了，可以自己回家。」哈比說，不忘提醒自己沒有說謊，媽媽經常說很忙，他沒有說謊，只是媽媽很忙跟她沒有來接他放學無關。

「啊，媽媽來了，我先走啦。」小博士向街外揮手，哈比看見袁太太在對面街望過來，隨即跟她揮手，袁太太微微一笑，跟哈比輕輕揮手示意。

　　望出落地玻璃，哈比看見小博士隨行人綠燈過馬路，然後，跑到媽媽身旁撒嬌。

　　袁小博在學校是熱愛科學和讀書的資優生，大家暱稱他為「小博士」。當小博士跟媽媽一起的時候，隨即變回乖巧的小寶寶。

　　小博士是哈比最好的朋友，哈比總覺得好友遠比他幸運，連同學間的暱稱都比他的好聽。哈比原本非常討厭「哈比」這個稱號，他喜歡別人連名帶姓的喚他「司徒克」，「司徒」這姓氏很特別。小時候，媽媽愛喊他「克克」，這是媽媽專有的稱呼，他不許別人這樣喚他。爸爸很少喚他的名字，有時喊他「仔仔」。他忘記是小一還是小二，有個同學在小息說他像小說的哈比人，哈比人是特別矮小的，此後，人人喊他「哈比」，漸漸變成司徒克的名字，日子久了，連他都習慣「哈比」這個稱號，由非常討厭變為不大討厭。

　　「小博士」這暱稱神氣得多，他像班房裏的智者，哈比看見他在媽媽身旁變回天真孩子，覺得畫面很有趣，不覺笑起來，然而，想起自己的媽媽，又難

過得不得了。

　　哈比沒有讓同學和朋友知道他的父母已經離婚，他不知道大人如何安排，只知道哥哥跟隨媽媽和新的爸爸去外國生活，他和爸爸留在家裏。爸爸沒有去媽媽的婚宴，但要他跟外婆去媽媽的婚宴，他不願去。然而，大人都說哈比長大了，別像小孩子那樣發脾氣，他不去的話，媽媽會不開心的。哈比曾經問不同的大人同一問題，他總想知道媽媽為什麼不要他，是否他不夠乖。不同的大人愛說媽媽沒有不要他，媽媽依然愛他，不過，大人永遠不會解釋清楚媽媽如何不要他但同時愛他，只管跟哈比說待他長大後自然明白。

　　哈比最想問又不敢問的是，媽媽是否不喜歡他和爸爸長得矮小呢？哥哥讀中學開始長高，是否因為哥哥長得高而選擇哥哥呢？

　　獨自回家後，哈比做功課和溫書，然後，跟印傭姐姐一起吃飯。印傭姐姐飯後收拾地方，然後回房休息，整個單位只餘下哈比一個人似的。

　　第二天上學，哈比在途中遇到鄰校的陳小明和姐姐一起返學，哈比很是高興，跑快兩步從後拍拍小明肩背，小明像遇到恐龍襲擊那樣嚇得跳起來，哈比笑説：「你的反應太誇張了，很痛嗎？我沒有用力呀！」

　　小明看見哈比，好像強忍肩背痛楚似的苦笑，輕輕説：「不痛，不痛。」

　　「你的媽媽不送你們上學嗎？」

　　「她陪妹妹上幼稚園。」

　　「吃了早餐沒有？」哈比問。

　　「嗯……」小明想了許久，突然説：「快遲到了，我們先走啦。」

　　小明和姐姐一陣風似的跑掉，餘下哈比愕在那兒。

　　午飯的時候，哈比和小博士鬥快吃學校午餐，小博士問：「我的媽媽做輪班工作沒時間幫我弄午飯，你的媽媽和印傭姐姐近年都沒空煮飯嗎？你幹嗎吃飯堂的午餐？」

「不知道，大人的事誰知道？」

「你可以問呀！」

「我有問呀，但他們答了等於沒答。」

「今晚來小學觀星組嗎？」

「來呀，我跟印傭姐姐説好陪我來的。」

「媽媽今天上早班，晚上可以帶我回校。」小博士想了想説：「以前經常見你的媽媽接送你，為什麼最近不見你的媽媽？許久不見她來做派飯姨姨，我很喜歡見到你的媽媽做派飯姨姨義工，她總是給我多一點點肉的，現在只見你的印傭姐姐，她生病了嗎？」

「嗯……」哈比驀然想起小明早上的神情，帶笑説：「快點吃飯，吃罷還有時間的話，可以下一盤棋或打一陣子籃球呀。」

「對了，快點快點。」小博士一邊吃飯一邊説：「再不快一點，待會兒沒有棋盤位又沒得打籃球。」

哈比和小博士吃罷午餐，將餐具放好，然後走到球場。這時候，已經有不同班級的同學在打籃球，四個棋盤又站滿人，只好站在球場一角看人打籃球。

「可以加入籃球隊就好了。」哈比幽幽説。

「體操隊好呀。」小博士説。

「你不明白的,如果我長得高一點,就可以參加籃球隊的。」哈比説。

「沒關係的。」

「有關係,如果爸爸不是五呎三吋,他就可以做籃球球星,姚明七呎六吋才可以加入NBA呀。」哈比瞪大眼説。

「沒關係的。」小博士再一次説。

哈比有點生氣説:「你知道嗎?我的爸爸最喜歡看籃球賽,爸爸的童年夢想是成為籃球員,爸爸説他過了青春期後,隨即放棄夢想,因為祖父母都長得矮小,爸爸即使比祖父高兩吋,依然只高五呎三吋,難以成為職業籃球員。爸爸在大學讀物流,工作後經常加班,漸漸沒有打籃球了。」

「他喜歡物流工作?」

「不是的,爸爸依然愛看各地的籃球雜誌和書籍。從小到大,家裏總是堆滿籃球雜誌和籃球鞋,爸

爸在我和哥哥很小的時候已經買籃球鞋給我們，有童裝的，可能還有嬰兒的籃球鞋。」哈比認真説。

小博士笑起來，説：「你發夢穿過嬰兒籃球鞋吧。」

「真的，我未識字就和哥哥一起在家翻閱籃球雜誌，我認得許多NBA球星的樣子的，第一個認識的球星是高比拜仁，現在遇見黑人都有點親切感。」

小博士笑説：「在電視看見黑人總統就像遇見親友。」

哈比笑住打小博士一下，説：「我是認真的，不過，媽媽經常罵爸爸浪費金錢買籃球雜誌、球鞋和球星模型等，媽媽跟爸爸説，有能力達成的夢想才是夢想，永遠不可能做到的是妄想，更説爸爸在小矮人圈子才可以做籃球員。」

「我沒想過你的媽媽會罵人，我見她的時候總是笑瞇瞇的。」

「爸爸説過，媽媽在外人面前像貓咪，回家之後就是老虎。」

　　「我的爸爸説媽媽上班是白衣天使，回家以後是我家的守護天使。」小博士笑説：「媽媽真是很好啊。」

　　哈比歎一口氣道：「我明白爸爸無法完成夢想的感受，一切都是矮的過錯，如果我們長得高就好了。」

　　「你知道NBA最矮的球星是誰嗎？」小博士揚一揚眉問。

　　「怎會知道？我只看喜歡的球星，個個六呎多高，還有七呎多高的。」

　　「你忘了老師教過的成語『以偏蓋全』嗎？球星不一定很高，矮小的球星能夠靈活走位，讓我想想，最矮的球星好像是五呎三吋，跟你的爸爸一樣，還有五呎四吋的，名字忘記了，遲點找回資料告訴你。」

　　「噢，你這樣説，即是我可以做籃球球星，我的夢想是夢想，不是妄想。」哈比笑説。

　　「我不知道。」小博士説：「要做籃球員還有許多要求，美國有許多人有六呎高，不見得個個做到球

星啊。」

「你總説令人失望的話。」哈比扁嘴説。

「科學精神是大膽假設，小心求證，不能亂説的。」小博士認真道。

「你不是小博士而是老博士了，你説話比我爺爺還要悶。」

「科學家實事求是，不是悶。」小博士一臉嚴肅説。

「快上課了，科學家要先去小便才上課嗎？」哈比笑問。

小博士跟哈比相視而笑，笑説：「上課前小便是合乎科學精神的。」

「鬥快跑去廁所啦，科學怪人。」哈比説罷即跑。

小博士從後大聲説：「吃飽飯後別奔跑，在校園不要胡亂跑呀。」

課外活動下課的時間接近黃昏，司徒先生就要印傭姐姐去學校接哈比放學，哈比這天練體操，教練要

求嚴格,讓他感到十分疲倦,很想回家休息。

「我忘記買菜,你先陪我去超級市場好嗎?」印傭姐姐問。

哈比點點頭,他記得媽媽總是教他做乖孩子,先去超級市場當練體能好了。

印傭姐姐在超市專心挑蔬菜,他隨意張望,看見陳小明的媽媽一邊講手機一邊買生果,聲音尖銳,讓哈比聽得清清楚楚。

「你洗好衫後煮飯,細佬頑皮的話就打他……為什麼吵起來?妹妹肚餓要吃東西?傻的嗎?叫她坐好等我回來,她再說肚餓的話,我回來打死她……」

哈比覺得她說話的內容好可怕,他從小明口中知道她會打罵孩子,但不知道她罵得那麼兇狠。四周的人都聽到她會打罵子女,但沒有人理會她。哈比知道體罰是犯法的,她就像公開會犯法一樣,卻沒有人關心她的孩子。

「走啦,哈比。」印傭姐姐輕輕說,哈比跟她一起離開。

　　排隊付錢的時候，排在前面的男人超過六呎高，讓哈比想起媽媽再婚的飲宴。

　　哥哥的新爸爸好高好高，哈比無論怎樣抬高頭都不能看清楚他的面孔。哈比看過媽媽跟爸爸結婚的照片和短片，但不及親眼看見媽媽再結婚那天漂亮，媽媽穿上很高很高的高跟鞋，仍然好像站在巨人身旁的哈比人。

　　哈比跟外婆一起前往飲宴，然後跟表哥和表弟坐在一起，他們都有父母照顧，只有哈比是獨個兒坐在那裏。哥哥跟隨媽媽一起前往宴會廳，媽媽忙於跟親友介紹哥哥，哥哥未能走近跟哈比聊天，只能遠遠對哈比苦笑，哈比想跟哥哥說話，但哥哥的新爸爸整晚拖住他的手，逐一跟親友介紹哥哥。哥哥和外婆跟媽媽坐在一起吃飯，聽大人說，那是主家席，哈比坐在主家席附近的另一桌。在主人家敬酒的時候，他才可以近距離看見媽媽和哥哥。

　　哈比在媽媽結婚那天感到很難過，拍照時，攝影師提醒大家笑，哈比只好笑起來。即使老師未有認

真教過「孤獨」的意思，但哈比在那刻已明白孤獨滋味，儘管四周都是人，人人都顯得很開心，但他還是不開心。

回想起當晚的飲宴，哈比驀然抬頭問印傭姐姐：「你會再結婚嗎？」

印傭姐姐笑說：「我的女兒快要結婚了，我的丈夫在印尼等我回家，我怎會再結婚呢？」

「為什麼媽媽不要我和爸爸，只帶哥哥離開？為什麼她再結婚呢？我不夠乖嗎？」

「哈比好乖，大人的事情，你不用理會呀。」

付錢後，印傭姐姐問哈比：「你想食雪糕嗎？我們去食雪糕。」

「不吃了，媽媽說食雪糕無益，我要食有益的東西，我想將來比爸爸更高，我要做籃球球星。」

「好呀，我們回家。」印傭姐姐說。

如果不是哈比，她不會經常放棄每星期一日的假期。司徒先生整天外出工作，有時去其他城市公幹，她只好專心照顧哈比。她知道兩父子並不開心，然

而，她可以做的只是選購新鮮食材，用心煮食，讓他們吃得高高興興的。

連印傭姐姐都知道哈比很介意自己的高度，他覺得一切的不如意事都來自他不夠高，甚至相信媽媽因為爸爸不夠高而捨棄他們。他希望比爸爸高兩吋、三吋、四吋、五吋、六吋……跟爸爸一樣夢想做籃球球星，要是夢想成為七呎多高的姚明，媽媽一定説哈比是妄想，要是夢想成為六呎三吋的林書豪，相信媽媽同樣説他妄想，但他總可以夢想做NBA史上最矮的華人球星啊。

哈比習慣留意差不多年級的同學高度，大部分同級同學比他高，小一時較他矮小的女同學，到小四或小五都長得比他高。他關注這問題多年，相信全區的同齡小學生之中，只有陳小明和他的姐姐黃萱兒比他瘦小，不但比他矮，還很瘦。他不明白陳小明的姐姐為什麼姓黃，曾經問不同的大人，不過，個個大人都解釋得不清楚。直至他的媽媽再婚，他才猜想是繼父和繼母的關係。因為媽媽再嫁的男人姓張，外婆説張

先生的兩個孩子是哈比的哥哥，哈比明白姓司徒的人可以有兩個姓張的哥哥，而跟他同樣姓司徒的哥哥，可以有個姓張的爸爸。然而，當他問大人希望得到詳細解釋的時候，所有大人都不願跟他細談這個話題。

回家後，印傭姐姐去廚房煮菜，哈比回到房間，躺在牀上，視線剛巧停在書架的小説《天空教室》之上，想到還有可以問意見的大人，隨即起來找信紙寫信，希望有答案。

親愛的關麗珊作家：

你好嗎？

我是你的讀者，我讀小六，名叫司徒克。我很喜歡看你的小說，但我不能像《天空教室》的軒軒那樣回到過去認識爺爺嫲嫲，我想問，我怎樣才可以知道大人的想法呢？

　　我的媽媽在我讀小五的時候跟爸爸離婚，她只帶走我的哥哥，留下我和爸爸。我跟外婆去媽媽的婚宴，看到她和好高好高的男人結婚，她為什麼不要我和爸爸呢？是不是因為爸爸不夠高？他只有五呎三吋。爸爸想做籃球球星，但媽媽說有可能做到的才是夢想，永遠做不到的是妄想。

　　我想知道媽媽為什麼只要哥哥不要我，我同樣想做籃球球星，但我跟爸爸和媽媽一樣矮小，同學和朋友叫我「哈比」，我不喜歡他們說我像哈比人，但個個都習慣了。我好驚我的夢想是妄想，媽媽會說我在哈比人國度才可以做球星，怎算好呢？

司徒克上

親愛的司徒克：

你的名字讓我想起馬克吐溫的 *Adventures of Huckleberry Finn*，中譯《頑童歷險記》，或《赫克歷險記》，主角是十三四歲的男童，名字中譯是赫克或哈克，暫且稱他為小克。小克的爸爸是酒鬼，經常打罵他，小克離家出走，在十九世紀合法買賣黑奴的年代，小克勇於開展他的人生。沒有人想有一個酗酒的父親，小克不能改變雙親的故事，只能改寫自己的命運。

既然你問我問題，大可稱我關老師，小讀者都算是我的學生，跟你講解我所懂得的。

父母離婚和再婚跟你無關，試想一下，你沒有介紹你的父母認識，他們結婚的時候，你未出世，父母相處出現問題，不一定是他們犯錯，更不是你做錯事。

　　雖然我不認識你的媽媽，但我知道她不會因為你們父子的高度而離開的。她對你們兄弟的愛是一樣的，相信你的父母協議一人照顧一個孩子而已，也許你的哥哥也在問為什麼爸爸不要他。你的父母對你們的愛沒有減少，要不然，外婆不必帶你去婚宴，讓所有人知道她是你的媽媽啊。

　　我們的夢想永遠不會變成妄想，無論夢想多麼遙遠，我們始終可以向夢想走近。

　　祝你
一步一步接近夢想

關麗珊

　　哈比沒想過作家會回信，看罷那封信後，隨即想起媽媽。她帶同哥哥跟叔叔婚後移民海外，不過，聖誕節和他的生日有寄禮物給他，有時在手機傳來關心他的訊息，只是沒有跟哥哥回來探望他和爸爸。媽媽在訊息裏說她在外國要照顧三個孩子，哈比知道那是張叔叔的兩個兒子和哥哥。

　　哈比想念媽媽，希望再次聽到她喊他克克。他想做學界籃球球星，那時候，媽媽自然知道他的努力，讓媽媽知道他和爸爸擁有的是夢想，並非妄想。

　　想做到的事情有許多許多，但哈比沒有信心全都做到。

第二章
侏儒的疑惑

　　哈比感到不開心的時候，就會想起以前的家好像教科書課文所寫的美好。他的爸爸做物流生意，雖然經常不在家裏，但很疼哈比兩兄弟。媽媽是漂亮的家庭主婦，待他們無微不至。比他大兩歲的哥哥習慣遷就他，只要哈比想擁有的都會給他。有一年，哥哥生日收到新的白兵玩具，哈比説喜歡，哥哥就送給他。

　　典型的幸福家庭廣告裏總是一家四口，爸爸和媽媽照顧兩個孩子，不過，哈比留意到廣告裏的孩子多數是一男一女，而且，廣告裏的父母都長得很高。

　　哈比很怕同學取笑他，自從同學稱他為哈比後，哈比就不願再被同學取笑。起初聽到別人喊他哈比有點生氣，每次同學喊他哈比，他總是大聲回答：「我是司徒克！」

　　同學見他生氣，更加喜歡「哈比」、「哈比」地喊，喜歡看他臉紅耳赤的樣子，哈比在初小時，為「哈比」這稱號偷偷地哭過很多遍。

　　爸爸和媽媽離婚後，哈比不敢讓人知道，他的同學都有美滿家庭似的，他不想做可憐的哈比人。爸爸比以前更忙，星期日原本答應跟哈比去看電影，但他們只是一起吃早餐，直至哈比準備睡覺，仍未見爸爸回家，整個假期就這樣過去。

　　哈比想起小博士説，最矮小的NBA球星身高有五呎三吋。他翻開爸爸的舊雜誌，終於看見有特輯報道身手靈活的球星，才知道NBA史上最矮的球星Tyrone Bogues，身高五呎三吋。他是控球後衛，十四年職業生涯平均每場得七點七分、七點六助攻和二點六籃板。

　　NBA史上第二矮的是Earl Antoine Boykins，退役後做中學的籃球教練。第三矮的是Anthony Jerome Webb，在一九八六年「灌籃大賽」中灌籃成績驕人，得到「扣籃王」稱號。

看罷舊雜誌，哈比打算退出體操隊，再次申請入籃球隊，他相信上中學的時候，他可以高五呎三吋，甚至比爸爸更高。

小息時，哈比跟小博士談起退出體操隊，小博士驚訝道：「你的體操成績那麼好，幹嗎退出？」

「我知道最矮的NBA球星是誰，我要完成我的夢想。」

「以科學角度來說，你的體形比較適合練體操呀！」

「我要練習灌籃，灌籃多有型。」哈比說。

「我看過許多常識和物理書籍，籃球員高到接近籃球架，灌籃輕易得多。體操運動員經常要旋轉，矮小一點，重心低一點，旋轉更易。」

「我不信你，我信夢想。」

「你不信我的話，可以問體育老師。今年教我們的體育老師是體操教練，他特別疼愛你。小五的體育老師是籃球隊教練，你可以問問兩個體育老師，你適合哪種練習。」

　　「好啊，我會問老師，然後，我會跟體操教練説退出。」

　　「你別後悔。」

　　「我才不會後悔。」

　　「你上次答應來小學觀星組的，為什麼不來？我們看到大熊座和小熊座呀！」小博士説。

　　「我和印傭姐姐都忘記了，她經常忘記事情的。」

　　「你不想來就説印傭姐姐忘記，你的媽媽沒有提你嗎？」小博士帶點不高興説。

　　「我下次會記得的。」

　　放學後，哈比換了運動衫練體操，跳馬跳得流麗漂亮，體操教練忍不住讚他：「哈比跳得很好看。」

　　隊友一起拍手，哈比覺得好開心。

　　新隊員徐薇三次試跳都跳不過去，教練又忙於幫助其他同學跳馬，哈比是體操隊師兄，早在午飯時認識她，走過去安慰她説：「我起初都跳不過的，你留意助跑和踏跳板的角度，下次就會跳過去的。」

　　「我沒有體育天分，在田徑隊跑最尾，轉來體操隊又失敗。」小薇說。

　　「沒有失敗，只是未成功而已。」哈比笑說。

　　「你真是懂得安慰人。」

　　「我失敗得多，聽大人安慰得多，自然懂得說。」哈比說：「不過，我打算轉去籃球隊，你以後要照顧自己呀。」

　　「真可惜。」小薇說。

　　「可惜什麼？」

　　「你跳馬很好看，教練都誇讚你。」

　　「不過，我要追尋夢想，做籃球球星才是我的夢想。」

　　「哈比和徐薇別只顧聊天，繼續練習。」教練遠遠喊來，他們連忙排隊繼續一個跟一個的練跳馬。

　　一個又一個同學的跳過去後，無論男生還是女生，始終是哈比跳得最輕巧好看。最胖的程武甚至從馬側跌下來，由於有軟墊，他完全沒有受傷。

　　「程武跌在地上的樣子，好像龍貓啊。」丁芷蘭

突然說。

　　大家看見程武傻乎乎地站起來，不覺大笑，要教練提醒認真練習。

　　練習結束後，哈比走到教練跟前說：「我想退出體操隊。」

　　「為什麼？」

　　「我想參加籃球隊，我夢想是做籃球球星呀。」

　　「坦白說，你的體形比較適合做體操運動員。」

　　「不，我看過資料，NBA史上最矮的球星身高五呎三吋，爸爸高五呎三吋，我將來會比爸爸高，好像爸爸比爺爺高一樣，我做NBA球星是夢想而非妄想啊。」

　　「我們並非單憑『夢想』兩字做事的，運動員要看各方面先天和後天條件，不能單看一項。你有體操天分，練習也出色，別浪費天賦才能。」

　　「我的夢想跟爸爸的夢想一樣，我要做籃球球星。」

　　「好吧，你不用退出體操隊，我跟籃球隊的教練

説説，讓你參加他們在星期六的練習，如果你想留在籃球隊就留下，想回來體操隊的話，我們永遠歡迎你歸隊。」

「教練，謝謝你。」

「別客氣，你有任何問題都可以隨時找我的。」

「教練⋯⋯嗯⋯⋯」

「説吧，你問什麼問題都可以。」

「我可以高到五呎六吋嗎？」

「我讀大學主修體育的，知道每個人都有基因限制，假如你的基因限制的高度是五呎六吋，只要有足夠的營養和運動，自然能夠到達五呎六吋高。要是營養不良又欠缺運動，或會在五呎二吋或五呎三吋停止長高。」

「教練，你即是説，我由現在開始日日跳高和吃營養食物，我會有六呎高嗎？」

「不是，遺傳基因已經預設了高度，如果你父母和雙方家族的祖輩都長得不高，你的遺傳基因高度就跟父母差不多，不會超過基因限制的高度。我以五呎

六吋舉例，如果你的高度基因限制是五呎四吋，無論後天如何努力，都不會高過五呎四吋的。」

「有例外嗎？」

「醫學永遠有例外和奇跡，但重點始終是基因限制。」

哈比沮喪起來，低下頭問：「我的爸爸五呎三吋高，媽媽五呎高，我的基因限制是否五呎二吋呀？」

教練笑起來說：「我不知道，你現在讀小六，只要睡眠充足，一定會繼續長高的，到時就知道生命的奇跡呀。」

「可以做手術增高嗎？」哈比問。

「曾有增高手術，主要為侏儒症患者增高的。」

「怎樣做的？」

「現在已不鼓勵人做這種手術，你長大後，醫療科技已經不同，現在不用知道啊。」

「個個大人都是這樣，不想說的就說我長大後自然知道，教練，我以為你是不同的。」

「由於我們的骨質會再生，手術要將人的腿骨打

斷，用儀器拉長，讓中間的骨質再生，痛苦幾年後，雙腳才可以增長幾吋。侏儒症患者大多是三呎高，渴望多高幾吋，好讓日常生活方便一點，但太痛苦，後遺症也多，不建議人做這種手術。」

「明白了，我會自然增高的。」

「試過籃球運動不適合你的話，快點回來呀。」

「謝謝教練，我星期六去練籃球，下星期放學不來練體操了，我想休息和溫習。」

「嗯，我跟籃球教練說，他會讓你練習的。」

「如果他不讓我加入呢？」

「你要對自己和教練我有信心，運動員的自信心也很重要。」

哈比點點頭，表示明白。

「早點回家，早睡早起身體好。」

「教練，你是否騙我，早早睡覺跟增高怎會有關呢？」

「一定有關，我們睡覺的時候，身體會休息和修補，太夜睡覺影響腦下垂分泌，習慣過了十點才睡

覺，就會影響發育，未能長到基因限制，明明五呎五都變五呎二呀。」

「教練別嚇我，我以後十時之前睡覺。」

「沒嚇你，對你有益的，早點睡覺，讀書聰明記性好呀。」

「好誇張呀，教練。」

「別說了，快點回家。」

哈比帶笑跟教練道別，走到學校門口，看見印傭姐姐依時來到等他。

他們徒步回家，經過巴士站時，剛巧有巴士停下，有個大概三呎多高的女人緊握巴士扶手跳落車。

有個男童在巴士站等巴士時看見她，大笑起來，說：「侏儒呀！女侏儒呀！女侏儒呀！」

女人沒有望向男童，臉上沒有表情，不見得高興或不高興，只是自顧自離開。由於腿短，走路有點怪也走得慢，男童在後面不斷說：「好好笑呀！侏儒呀！女侏儒呀！」

「你再說我就掌你嘴。」男童身旁的婆婆說。

「真是好笑呀！」男童說。

「我真是掌你嘴。」婆婆說。

「婆婆，不能體罰的。」站在婆婆身旁的男人說。

「我不懂得教小孩了，她的父母不教，我以前都會打他的爸爸。」婆婆說。

男人蹲下來，跟男童說：「小朋友，你知道不能取笑別人嗎？」

「好好笑，真是好好笑呀，她是侏儒呀，我第一次見女侏儒呀。」男童笑說。

「她是侏儒是一回事，別人取笑她是另一回事。」男人看了看男童說：「啊，你換牙少了兩隻門牙，如果我笑你是崩牙仔，你會不會開心呢？」

男童連忙用雙手掩住嘴巴，只管搖頭。

「如果我笑你傻瓜，你開心嗎？」

「我不是傻瓜。」男童放開掩住嘴巴的手說。

「你是崩牙傻瓜。」男人笑說。

男童想哭，婆婆拖住他的小手說：「你看，巴

士來了，我們要上車啦。多謝你教我的乖孫呀，先生。」

「別客氣，婆婆，時代不同了，不能體罰的。」男人和氣說。

婆婆和男童上巴士後，哈比跟印傭姐姐還站在那兒。

印傭姐姐問：「什麼是『豬魚』？豬和魚有什麼好笑呢？」

「侏儒，不是豬魚。老師教侏儒是侏儒症引致，比正常人矮小得多。」

「啊，我明白了，剛才那個女人是侏儒，取笑她的小孩好頑皮。」

「我都怕被人笑我侏儒，他們已經說我是哈比人，再不長高就變侏儒了。」

「你別傻，你沒有侏儒症，哈比的名稱很可愛呀。」

哈比沒有再說話，心裏為剛才被取笑的女人難過，如果她可以多高幾吋，走路應該可以快一點。哈

比默默跟印傭姐姐回家，心裏提醒自己要早點睡覺，快點長高。

哈比準備睡覺的時候，爸爸還未下班，他想等爸爸回家才睡覺，又怕太夜睡覺影響發育。哈比躺在牀上，胡思亂想一陣子才入睡。夢中的哈比是侏儒，四周的人都取笑他是「侏儒仔」，他好害怕，嚇得大叫起來，然後就醒了。

回到學校，哈比覺得不開心，看見小博士和其他同學有說有笑，更加失落，卻說不上原因。

午飯過後，哈比去操場看人打籃球，看見小博士和同學看人下棋，大家聊得起勁，哈比先去洗手間，然後去找小博士，聽到他們在說「侏儒」，走得越近聽得越清楚。

「侏儒……侏儒……少一人。」郭志明說。

「胖虎呀，你又錯了。」小博士說。

「侏儒……」

「侏儒……多一人呀。」周仲君說。

「應是『遍地侏儒少一人』。」小博士說。

「怎會少呢？『遍插』呀，小博士都錯，不如我們改為『滿街都是侏儒』……」郭志明說。

「你才是錯……」小博士說。

哈比越聽越生氣，大聲問：「你們幹嗎嘲笑人？」

「沒有呀。」小博士瞪大眼說。

周仲君和郭志明互望一眼，然後一起望向哈比大笑。

「你們好缺德呀。」哈比生氣跑掉，一邊跑一邊掉眼淚，他認定小博士是他這輩子最好的朋友，沒料到小博士在他背後跟胖虎和周仲君笑他侏儒。

小博士莫名其妙，問：「周仲君，你們剛才幹嗎大笑？」

「我見胖虎臉上有粒飯，做手勢提他，沒料到他看見我臉上又有粒飯，他又提我，我們互望一眼，就忍不住大笑。」

「你們一齊望住哈比笑呀。」

「冤枉呀，我們總不成一直互望呀，大家轉頭繼

續笑，沒有留意一齊望向哈比啊。」

「他為什麼生氣呢？」小博士問。

「誰知道？!」郭志明嘟嘴說。

「放學才問他吧，快要打鐘上課了。」

「快點去『交水費』。」周仲君笑說。

「為什麼要『交水費』？」郭志明問。

「『交水費』即是『放水』，『放水』即是小便，你的推理能力不是那麼差吧？」小博士沒好氣說。

「我們鬥快去『交水費』。」郭志明說。

「不要在學校跑來跑去呀！」小博士大聲說，但兩人早已跑掉。

哈比躲在校園一角哭泣，他沒想過自己在好朋友眼中是個侏儒，聽到上課鈴聲後，抹乾眼淚鼻涕，去洗手間洗臉時，正好看見小博士、胖虎和周仲君三人嘻嘻哈哈跑來小便。

哈比連忙跑出洗手間返回課室，抹乾臉上的水，專心上課。小博士在小息時想跟哈比閒聊，但哈比伏

在桌子上，沒有理會他，小博士自討沒趣地返回座位。

放學後，小博士走近哈比說：「好好的，幹嗎生氣？」

「你知道的。」哈比說。

「我不知道啊。」小博士蠻委屈道。

哈比沒有理會他，自顧自離去。小博士也有點生氣，覺得哈比莫名其妙。

哈比回家後，將自己鎖在房裏，伏在牀上哭泣，他沒有想過最好的朋友會這樣恥笑他，也許，小博士、胖虎和周仲君從來沒有把他看作朋友，他們是最早叫他哈比的同學。

不知哭了多久，印傭姐姐叩門喊他吃晚飯，他大聲說：「不吃了，走呀！」

「哈比，出來吃晚飯！」

「不吃呀，走呀！」

印傭姐姐只好致電司徒先生，跟他說哈比不肯吃飯，但司徒先生要加班，未能即時回家。

哈比越想越不甘心，抹乾眼淚找信紙寫信。

親愛的關老師：

你好嗎？我不好呀。我是上次寫信給你的司徒克，我想學小說的小克那樣有勇氣，你可以叫我小克，不過，個個都叫我哈比，說我像哈比人那麼矮小。

我有一個好朋友，大家叫他小博士，他很聰明的，我由小一認識他，我以為我們是好朋友。不過，今日聽到他和其他同學笑我是侏儒。我已經任由他們叫我哈比，但不能任由他們笑我侏儒，小博士是否從來沒有當我是好朋友呢？

我好傷心呀，我應該怎樣做？這個世界公平嗎？小博士比我高，成績比我好，媽媽又疼愛他，但我什麼都沒有，他還要取笑我，公平嗎？

小克上

　　哈比寫好信封，貼上郵票後，感到有點肚餓，開門出去吃飯。

　　印傭姐姐連忙拿出一直保溫的飯菜，差不多同一時間，司徒先生正好趕回家中，哈比開心得笑起來，他覺得很久沒有那麼開心了。

　　司徒先生看見哈比的臉，知道他哭完又哭，雙眼和鼻子還是紅腫的，輕輕一笑，坐下跟哈比一起吃飯，印傭姐姐像變戲法那樣再拿出一些飯菜，兩父子高高興興吃一頓飯。

　　飯後，哈比問：「是否矮就是侏儒？侏儒可以增高嗎？」

　　司徒先生猜到哈比的心情，笑説：「老師沒有教你嗎？侏儒是侏儒症而來，是基因突變，有時軟骨營養不良，症狀各有不同，他們主要因病變得矮小，父母往往高度正常的。」

　　「老師説侏儒可以做手術增高，如果我太矮，你可以給我錢做手術增高嗎？」

　　「仔仔，你不是侏儒，你沒有患侏儒症，不用做

非常痛苦的手術，手術後的拉扯腿骨期也很漫長，除了侏儒實在需要增高，沒有人會做那些手術的。」

「我真的不是侏儒？」

「你小六啦，還要問？」司徒先生走過去抱住哈比說：「你是我的可愛兒子。」

哈比點點頭，沒有再説話。

「爸爸還有工作要返回公司處理，你做好功課就早點睡覺。」

「嗯。」哈比回應道，想了想後，問：「爸爸為了陪我食飯，走來走去嗎？」

「陪你吃晚飯比工作重要，但不能晚晚如此，最近實在很忙。」

「謝謝，爸爸。」

「你在學校遇上不開心的事情嗎？」司徒先生看看手錶，説：「你可以跟爸爸説的。」

「沒有。」哈比説：「學校沒有不開心的事情，爸爸早點返回公司，早點回來睡覺。」

「嗯，誰敢欺負我的寶貝兒子，記得跟爸爸

說。」司徒先生邊走邊說，一陣風似的走了。

哈比連續多日上課沒有跟同學閒聊，星期六參加籃球隊訓練，個個學生都比哈比高大，哈比決定用技術取勝，在熱身運動和投籃練習沒有問題，可惜，在分組比賽的時候，哈比從來沒有碰到籃球，籃球在高大的隊友之間傳來傳去，從來沒有傳到哈比手中。

練習結束後，教練問哈比：「你還想加入籃球隊嗎？」

「想啊。」哈比說。

「為什麼？」

「我的夢想是成為籃球球星啊。」

「你喜歡打籃球還是做球星呢？」

「兩樣都喜歡。」

「如果可以打一輩子籃球，但一輩子無法做球星，算是達成夢想還是未圓夢想呢？」

「嗯……」哈比低下頭來，他沒有想過這種情況。

「我讀小學的時候，作文寫過《我的志願》，我

寫我的志願是做金牌運動員，參加奧運會，然後拿許多牌獎。我一直努力訓練，可惜，最接近一次只是參加世界大學運動會，那是我唯一參加過的國際賽事，最好成績是得到跳高銅牌。但就是因為那次練習時失誤，我的腳傷了，以後不能做運動員，轉為做教練，你認為我達到夢想沒有？」

「沒有。」哈比答。

「我有。」教練說：「小學的時候寫我的志願做金牌運動員，其實，我的夢想是做一個運動員，我做到了，只是受傷退役後做教練，培養新一代運動員，所以，我的夢想早已達到。」

「沒有金牌都算嗎？」

「算呀。我的爸爸的夢想是做演員，他演戲大半生都做配角，有時連一句對白都沒有，但他很開心，他實踐了自己的夢想。」

「教練的爸爸是明星？」

「他是演員，不是明星。」教練說：「你喜歡打籃球的話，可以來籃球隊練習，不過，我見過你練

習體操，你的天賦在體操項目而非打籃球，如果你的夢想是做個運動員而非體育明星，我勸你回體操隊練習。」

「因為我矮嗎？」哈比幽幽發問。

教練笑起來說：「不是，矮小的籃球員比高大的靈活，一樣可以打得出色，問題是你的天賦在體操之上。上天是公平的，我們有不同的身型和才能，沒有哪種身型是完美的，全部有優點和缺點。長得高的人玩體操很易失平衡，長得不夠高的人跳高較吃虧，並非不可以，只是要加倍練習，將勤補拙。你的先天和後天條件都適合玩體操，你可以在體操場上追逐夢想啊。」

哈比點點頭，教練笑說：「我們一起走吧。」

哈比跟教練一起走，高度只到教練的腰間，忍不住問：「教練，你這麼高，讀書的時候為什麼不打籃球？」

教練笑起來說：「我比較喜歡田徑運動，不過，中學時參加過籃球隊，現在主力教田徑和籃球。」

「我長大後像你這般高就好了。」

「你有你的優點，好好讀書和練習體操吧。」

哈比回家後，將教練的話想了無數遍，始終不大明白教練說什麼。夢想做籃球球星跟夢想做運動員有分別嗎？哈比想不通有何分別。

印傭姐姐準備晚餐後，突然想起什麼似的說：「哈比，你有信呀！誰寄信給你？這年代還有筆友嗎？」

哈比興高采烈拆信，聽到印傭姐姐喃喃自語：「我讀書的時候有個泗水筆友啊。」

親愛的小克：

看了你的來信，明白你非常難過。你認為好朋友在背後取笑你，一定難受。

不過，既然是最好的朋友，你應該信任他真心待你好。與其懷疑他們在背後笑你，不如面對面問清楚。許多不愉快事情由誤解而來，你大可問小博

士可有取笑你是侏儒，要是他承認，你才傷心也不遲，別為誤會浪費眼淚啊。

這個世界自有公平一面，讀書成績好的，畫畫可能欠佳。有爸媽疼愛的孩子，照顧自己的能力或有不足。從小接受磨練的孩子可能沒有很多玩具，但他們可以創作新遊戲來玩。

小克，我們都是幸運的，你識看書和寫信，已經比世上數以億計的失學孩子幸運。記住，人生看似不公平，實際是公平的，我們每日只得二十四小時，最富有和最窮的人一樣是每日二十四小時，不多不少，你要追尋夢想的話，就要善用時間。別浪費時間在誤會之上，主動跟好朋友說清楚啊。

祝
生活愉快

關麗珊

　　哈比讀信後，一下子輕鬆起來，這才想到可以面對面問小博士。

　　星期日爸爸休息，哈比想跟爸爸談他的夢想，但爸爸突然接到電話要加班，好像一批貨品運輸出了問題，他要返回公司處理。

　　「爸爸，你答應陪我看電影的，那套動畫快落畫了。」

　　「爸爸一定要返公司，你要陪爸爸工作嗎？」

　　「好呀。」哈比開心得跳起來。

　　哈比坐在爸爸的車上問：「爸爸，你的夢想是做一個籃球球星嗎？」

　　「唔，小學的時候，確實想做米高佐敦。」

　　「做不到是否很失望？」

　　「沒有，讀中學的時候，我的夢想是做一個頂天立地的男人，我不是做到了嗎？」

　　「怎會有人夢想做男人？你已經是男人，不用夢想啊。」

　　「夢想的重點是『頂天立地』，你長大後自然會

明白。」

「我現在不明白呀，教練問我的夢想是做球星抑或運動員，有分別嗎？」

「有，夢想在球場上努力競賽，無論成敗都在追尋夢想，如果你的夢想是做球星，即使達成夢想都很快退役，你見高比拜仁都已退休。」

「我還是不明白，你不是因為太矮而放棄打籃球嗎？」

「我算矮，但不是太矮。」司徒先生在汽車停紅燈燈位時，轉身望向兒子說：「我現在都有運動，不過工作太忙，間中會跟舊同學，即是你認識的張叔叔和黃叔叔他們去打籃球的。」

「爸爸，我應該轉去籃球隊還是留在體操隊好呢？我的夢想是做個籃球球星啊。」

「爸爸以前喜歡聽一首流行曲，有兩句話是『背棄了理想，誰人都可以』。我們要分清楚夢想和理想，無論你參加哪項體育活動，只要有興趣就是朝住你的夢想出發。」

「我聽來聽去都不明白你說什麼。」哈比懊惱說。

「到啦，上來爸爸的物流公司看爸爸如何做個頂天立地的男人吧。」

司徒先生泊車後，帶同哈比返回公司，由於是星期天，只有他回來加班。哈比看見爸爸專注工作，神情跟籃球場上的球星差不多，爸爸沒有漂亮起跳的灌籃，不過，他將客戶的困難一一解決，讓貨物順利運送到客戶公司，過程也不簡單。

哈比彷彿有點明白夢想做球星和夢想做運動員的分別，卻又不能清楚說出來。

第二天上學，哈比覺得小博士有點迴避他，也許那天發脾氣太大，令小博士也有點生氣。

午飯時間，小博士的媽媽來做派飯的義工姨姨，郭志明跟小博士說：「你的媽媽很年輕啊。」

「媽媽說輪班工作讓她看來差了點。」小博士洋洋得意說。

「對啊，很年輕呀。」哈比突然搭訕，郭志明和

小博士互望一眼，想起哈比當日無故大發脾氣，逗他説話又刻意迴避，現在主動搭訕，先學他先前的態度一樣沒理會他。

哈比想起爸爸教他做個頂天立地的男人，要光明磊落行事，又想起關老師回信教他直接問清楚好朋友，所以，他深深吸一口氣，然後説：「今日的飯菜好好味。」

四周的人沒料到哈比説這句話，紛紛笑起來，郭志明還笑到噴飯，令小五的徐薇也忍不住笑罵：「胖虎呀，你小心吃飯，別四處噴飯呀！」

小博士邊笑邊説：「哈比，你到底想怎麼樣？」

周仲君説：「無緣無故發脾氣的是你，生氣不跟我們説話的是你，現在又想跟我們和好，你到底想怎樣呀？」

哈比吃罷他的飯菜，將餐具放好後，覺得心跳得好快，鼓起勇氣而又帶點緊張問：「你們幹嗎笑我是侏儒？我聽到你們笑我侏儒自然生氣。」

全部同學面面相覷，個個頭上有一堆問號，小博

士說：「我們幾時笑你侏儒呢？沒有呀。」

「我親耳聽到的。」

「你們取笑哈比又不肯承認嗎？」徐薇問。

「真是冤枉呀，哈比是我的好朋友，我怎會取笑他？」小博士說。

「被好朋友取笑的滋味真是難受。」哈比幽幽說。

「沒有呀，我們沒有取笑你。」郭志明說。

午飯後，附近的同學都聽到哈比和小博士的爭議，紛紛走過來，體操隊的宋志圓從後喊了一句：「哈比，你是原告要提供證據的。」

哈比深深吸一口氣，再度鼓起勇氣說：「你們說我是侏儒，然後說『侏儒少一人』，還有『侏儒多一人』的。」

小博士、周仲君和郭志明分別看看對方，大家認真想一遍，三人突然爆笑起來，哈比感到無比屈辱，覺得他們還在笑他，眼淚在眼眶打轉，只是在心裏提醒自己要冷靜和堅強，別讓眼淚掉下來。

　　小博士看見哈比的樣子，連忙收起笑容，正色説：「誤會，真是誤會，你信我們啦。」

　　「你們真的取笑哈比，你們好壞呀。」徐薇生氣道。

　　「我們沒有取笑哈比，也沒有説侏儒，只是中文寫作班老師要我們背詩。」

　　「背詩？你們説謊。」旁觀的同學説，大家開始爭論是誤會還是真的。

　　郭志明站起來説：「我現在正式宣布，我們三個人是在背詩，背的是王維的《九月九日憶山東兄弟》，全首詩有四句，小博士，你來背一遍。」

　　小博士也站起來，清清喉嚨，大聲背誦：「獨在異鄉為異客，每逢佳節倍思親。遙知兄弟登高處，遍插茱萸少一人。」

　　周仲君説：「讀音一樣，哈比聽到『侏儒』，胖虎讀的是『茱萸』呀。」

　　郭志明説：「背熟了，終於背熟全首詩了。」

　　有個圍觀的初小學生天真發問：「什麼是『遍插

茱萸少一人』？」

高小的同學都笑起來，小博士説：「這首詩最尾一句寫的是草花頭的『茱萸』，不是企人邊的『侏儒』。草花頭的茱萸是一種植物，老師説古人在重九把茱萸戴在頭上，詩人在外地，想起故鄉的兄弟登高，個個插戴茱萸，就是少了他一個人。」

「啊，原來是草花頭的茱萸。」初小學生説：「但我不知道茱萸有什麼特別。」

「你讀高小參加中文寫作班自然知道。」小博士説。

徐薇跟哈比説：「你真是錯怪好同學了。」

哈比腼腆道：「我明明聽到侏儒。」

「快上課了。」徐薇説，站起來要離開。

「對，快打鐘了。」有個初小學生説，同學隨即四散，大家走到不同的課室去。

哈比見大部分人離開後，低聲跟小博士説：「對不起，先前怪錯你。」

「幸好你説出來，要不然，你就算生氣一輩子，

我們都不知道發生什麼事。」小博士説。

「快返課室。」郭志明説。

「我要小便呀，你先返去，以免遲到罰站呀。」哈比説。

「我陪你，老師要罰就一齊罰。」小博士説。

「你真是我的好朋友和好兄弟。」哈比説。

小博士笑説：「對呀，遙知兄弟登高處，遍插茱萸少一人……是草花頭的『茱萸』呀。」

「你為了陪我寧願被罰。」哈比感動説。

「其實，我都要去小便啊。」小博士説。

「要『交水費』就一齊啦。」周仲君説。

「對啊，一齊『交水費』。」郭志明笑説。

「Let it go去廁所——」小博士突然唱起「走音歌」。

郭志明喜歡唱歌又唱得走音，才被同學稱為胖虎，他當然不放過和唱機會，不斷唱：「Let it go去廁所——」

四人連跑帶跳兼唱地走到男洗手間去，笑聲傳遍校園。

第三章
哥哥的愛

　　哈比總覺教科書教的跟眼睛看見的不一樣，中文書裏寫「春天來了，春季繁花似錦，蝴蝶翩翩起舞，十分美麗」。然而，哈比眼前的春天陰暗寒冷，一整天不停下雨，彷彿有一羣巨人躲在雲上，從早到晚不停流淚。

　　星期天早上，哈比跟爸爸來到附近的快餐店，那是上學必經的店舖，差不多是學校和住所兩者之間的中間點。

　　哈比見爸爸買餐後，將托盤放在桌子上，然後拿出手機細看，沒有説話，也沒有吃東西，知道他的公司又遇到麻煩的事情。哈比開始吃他的開心樂園餐，今次送的玩具是卡通貓咪玩具，可是爸爸沒有留意今日送什麼玩具。哈比悄悄收起玩具，打算送給鄰校陳

小明的妹妹。

　　想起小明的時候，從快餐店的落地玻璃望出去，剛巧看見小明的父母帶同三個孩子經過。哈比看爸爸一眼，只見他專心擦手機屏幕，相信忙於公司的事情，連忙用紙巾包好幾條薯條跑出外面。

　　小明的父母正在吵架，他的姐姐萱兒低下頭來，雙腳不停踢地下和踢空氣，他的妹妹琳琳最先發現哈比跑過來，好像洋娃娃似的瞪大眼睛望向哈比，準確一點來說，望向哈比用紙巾包好的幾條薯條，彷彿知道那是給她的。

　　哈比跟小明交換眼神，小明悄悄接過薯條，望望專心吵架的父母，乘他們不覺給姐姐一條薯條，萱兒連忙將薯條放入口。琳琳看見，自己伸手過去拿薯條，卻被媽媽發現，拍打她的小手，喝罵她：「你幹什麼？」

　　琳琳低下頭沒有說話，雙眼望向小明手上的薯條，小明將薯條放入口袋，哈比急欲轉移大人視線，連忙說：「陳先生早晨，陳太太早晨。」

陳先生展現親切的笑容說：「你是陳小明的同學嗎？」

「不是，我是他鄰校的同學，高他一班，我讀小六，我叫司徒克。」

陳太太突然刮琳琳一記耳光，罵她：「幹嗎死盯住哥哥的褲袋？」

哈比怕大人發現小明褲袋裏的薯條，裝作熱情地拖住陳先生和陳太太的手說：「你們會一起吃午餐嗎？我和爸爸在快餐店吃早餐，老師說，過了早餐時間，又未到午飯時間，我們吃的是早午餐，英文是brunch，我說得對不對呀？陳先生，陳太太。」

陳先生望向哈比，沒好氣回答：「對，是早午餐。」

「你們一起來吃嗎？」哈比熱情道。

「不吃。」陳太突然大聲說。

哈比嚇了一跳，陳先生說：「不吃就不吃，這麼大聲嚇壞人家的兒子呀。」

「我就是喜歡大聲說話，怎樣？」陳太兇巴巴

説。

　哈比從未見過父母吵架，看見他們的情況，連忙站遠一點。

　小明在父母吵架的時候，悄悄走到琳琳身邊，然後背向她，好讓琳琳躲在他背後，拿出餘下的幾條薯條，反手從背後遞給琳琳，琳琳慌忙吞下，很快將剩下的薯條吃光。

　「我們回家才吃午飯。」陳太不再跟丈夫吵下去，轉頭高聲跟哈比説。

　小明跟哈比交換一個眼神，小明以笑容表達分派薯條任務已經完成，哈比隨即意會説：「爸爸還在等我，我先回去。」

　待哈比離開後，陳太再刮琳琳一記耳光，説：「打極都不喊，賤骨頭。」

　小明看在眼裏，想幫助妹妹，可惜，他想不出怎樣幫忙，卻見琳琳突然笑起來，她很久沒有吃薯條，剛才吃的薯條實在太美味，忍不住笑起來。

　陳太反手又刮她一巴，喝罵她：「笑什麼？」

　　琳琳雙眼通紅，但沒有哭出來，走到哥哥背後，只想一直躲在哥哥後面，低聲說：「哥哥，哥哥。」

　　陳太聽到琳琳不斷喊哥哥，怒不可遏，正手又是一巴，琳琳雙頰紅腫，兩邊臉的紅色手指印清晰可見。陳先生低聲制止她：「夠了，街上多人，被人告你虐兒就麻煩，要打就回家先打。」

　　陳太望望四周，看見街上人來人往，但沒有人會為小女孩被打罵停下腳步。陳太知道自己是安全的，想起鄰居明明聽到她打罵子女超過一年，個個都裝作聽不到，誰理會別家孩子的哭聲呢？

　　哈比跑回原先的位置坐下，感到心跳由聽到兩下耳光的清脆響聲開始加速跳動，加上跑來跑去，坐下仍覺心跳加速，想起剛才一幕，依然害怕。他望出街上，看見萱兒怕得呆站不動，小明站在琳琳身旁，好像想為妹妹遮擋一切，也像照顧妹妹似的，不過，小明站在那兒不斷顫抖，雙眼不時回望琳琳，想保護她，可惜自身難保。哈比這才想起，小明沒有吃薯條，他將一條薯條給姊姊吃，其餘的都給妹妹。

　　哈比生怕爸爸發現他擅自拿薯條跑開，一邊喘氣一邊吃稍已擱涼的包，想裝作從未跑開。然而，他看見爸爸專心擦手機，雙眼一直望住手機屏幕，單手吃包和薯條，倒已吃罷自己的早午餐，連汽水都飲光，根本沒有察覺兒子曾經走出快餐店外，哈比知道他的憂慮是多餘的，裝作專心吃東西的戲也白演了。

　　既然爸爸沒空理會他，哈比只好四處張望，看見鄰桌的女人跟小女孩有說有笑，小女孩的年紀看來跟琳琳差不多，只是臉色好得多，也比琳琳胖得多。

　　哈比吃了一口手上的包，說：「爸爸，爸爸，我可以問你問題嗎？」

　　「問啦。」司徒先生說，但雙眼沒有離開手機，有宗航空運輸遇上阻滯，他煩到頭都大了。

　　「爸爸，你會娶個繼母回來虐待我嗎？」

　　司徒先生正在看貨機延誤資料，眉頭緊皺，聽罷呆了兩秒，想望又不想望向兒子似的，只好繼續看手機，含糊說：「別傻。」

　　「我沒有傻呀，爸爸，你可以放下手機望望我

嗎?」

司徒先生無奈放下手機,誇張地移向前望住哈比,說:「你看得太多童話和電視劇,沒有繼母虐待孩子這回事。」

「有啊,」哈比說:「我不是看電視劇的,我看現實生活的,我看見有些同學和朋友被繼母虐待啊。」

「你有同學被虐待嗎?」

「有呀,有個同學孫素楠的繼母只買新衫給她的孩子不買給他,連校服都要人捐給他呀。」

「也許是環保家庭,男孩子別這樣八卦。」

「我還有一個朋友被親生爸爸和繼母虐待啊。」

「你從哪兒認識的朋友?」

「鄰校的陳小明,你可能見過他的,他很可憐。」

「你怎會認識鄰校的男生?」

「就是在這間快餐店門外,有一次,快餐店宣傳魚柳包買一送一,我和小博士夾錢合份買一個包,

買一送一呀，即是一人有一個呀，我們邊走邊食，小博士的包只吃了一口就跌在地上，連塊魚柳都跌了出來，他扁起嘴想喊。」

「你們有撿去垃圾箱嗎？」

「有，小博士撿起那個包，就在這時候，有個瘦小的鄰校男生走過來，低聲問小博士可否將個包送給他。」

「噢，你們怎樣做？」司徒先生有點愕然，連忙追問。

「小博士跟他說個包跌了在地上有許多細菌，塊魚柳最骯髒。男孩說知道了，他會用飲用水沖洗一下，小博士聽罷，就將個包給他。」

「他就是陳小明？」

「我們看見他在溝渠邊用水壺的水沖洗魚柳和包後，以為他立刻吃掉，沒料到他放回餐盒拿走。」

「你們有沒有再問他？」

「沒有，小博士說他那麼瘦，一定經常捱餓，示意我不要問，我看到他的情況，幾乎想將自己手上的

包都送給他吃。」

「你有送嗎？」

哈比笑起來，帶點不好意思說：「沒有，我很喜
歡吃啊，而且，那時候有點餓。」

「你沒有理由肚餓呀，早餐有工人姐姐煮給你
吃，午餐有學校的營養飯盒，晚餐又吃得飽飽的，你
還有收起來的零食，別以為我不知道，怎會肚餓？」
司徒先生笑說。

「老師話，小孩子要吃多點食物才可以快高長
大呀，教練話我們有高度的先天基因，原本五呎七吋
的，如果營養不足就得五呎三，我見陳小明比我矮，
說不定是營養不足。」

「可能天生呢？」

「你和爺爺才是天生矮小，陳小明的爸爸很高
的。」

司徒先生聽得既好氣又好笑，裝作嚴肅說：「既
然如此，仔仔都不會高啦。」

「我已經有心理準備，我要做史上最矮的籃球球

星。」

司徒先生沒好氣說：「你不如做史上最乖的兒子吧。」

「爸爸，我想認真跟你說……」

「你想跟我說什麼？」

「爸爸，我是認真的，請你不要娶個繼母回來虐待我。」

「童話才有虐待孩子的繼母，你以為你是灰姑娘抑或白雪公主？」

「爸爸，我認真的。」哈比說：「我有時放學碰見陳小明，可以閒聊一陣子，他跟我說，他的媽媽很疼愛他，但繼母整天虐待他們，只給他們少得可憐的食物。」

「你怎樣跟他做朋友？你們不同學校不同級別呀。」

「你別以為我收起很多零食，我會請同學和朋友吃的，有時放學，碰到陳小明會悄悄給他零食的。」

「他經常在快餐店附近流連嗎？」

「不是呀，他的繼母要他放學儘快回家，不過，小明說他的繼母有時去賭錢，他可以遲一點回家，就會來快餐店走一轉，看看可有人吃剩薯條讓他拿幾條回去。」

「為什麼不即時吃掉？」

「不是他吃的，他拿給妹妹吃的，他說他的妹妹琳琳很可愛，但不知是什麼緣故，繼母特別討厭她，打得最多，食物最少。他的繼母是他姐姐的母親，嗯，好複雜，讓我想想，對，他的姐姐的媽媽是他和妹妹的繼母，他的姐姐算食得飽，不過，小明有時都會給他的姐姐一些薯條，她都肚餓的。」

司徒先生正要說話，手機響起。哈比知道爸爸又要工作，默默坐在那兒等他跟電話另一端的人傾談。

好一會以後，司徒先生發短訊給外傭姐姐。他原本想知道陳小明兄妹可有人幫忙，隨即想到他們有父母和親友，小兄妹的教師和鄰居都認識他們，怎樣也不必鄰校小六學生的爸爸多管閒事。

「爸爸，你今晚回家嗎？」

「不，我致電工人姐姐早點回來照顧你，你在這兒等她，我不能讓你獨留在家，犯法的。」

「我獨留在家犯法嗎？虐待孩子犯法嗎？」

「犯法的。」

「我們要報警嗎？」

「他們兩兄妹多大？」

「陳小明讀小五，低我一班，即是我的歲數減一數，相信是十一歲，他的姐姐讀小六，姓黃的，陳小明的姐姐為什麼姓黃呢？好複雜呀。他的妹妹琳琳五歲，讀幼稚園，小明説他最愛他的妹妹。」

「小明要求幫忙嗎？」

「沒有。」

「下次碰見他就請他食零食好了。」司徒先生邊説邊打電話。

「上次開了一包腸仔，我給小明一條，他好開心呀。」

掛上電話後，司徒先生再看手機短訊，匆匆站起來説：「我先走了，你在這兒等姐姐接你回家。」

「爸爸，獨留在家犯法，獨留在快餐店不犯法嗎？」

「不犯法，我趕時間。」司徒先生快步離開。

哈比原本想跟爸爸討論他發現的矛盾現象，他這刻才明白同學放學後為何在街上遊蕩，原來小學生獨自留在家裏，父母或監護人是犯法的，獨自走在街上就沒有人犯法。然而，街上壞人也多，不見得比家裏安全。

哈比每次想跟爸爸說他發現大人的道理有好多矛盾，他的爸爸都沒有時間聽他說話，每個人一日都只有二十四小時啊。

哈比透過落地玻璃望出去，街上如常人來人往，有人笑容滿臉，有人一臉愁容。

「哈比，我們回家了。」印傭姐姐坐在司徒先生原先的位置輕輕跟哈比說話，哈比看見印傭姐姐來接他，沒好氣地站起來。

爸爸總有做不完的工作，直至哈比睡覺的時候仍未回家，哈比上學的時候，悄悄打開爸爸的房門看

看，發現他不在，相信他整晚沒有回家。印傭姐姐陪哈比吃早餐，然後送他上學。

哈比説：「今日的腿蛋治很好吃，還有嗎？我想請朋友食。」

印傭姐姐連忙多製一份三文治，用保鮮袋放好給他。

上學途中，哈比沒有遇見陳小明。那份三文治一直放在他的書包，放學時，他要印傭姐姐陪他在路邊等陳小明。

差不多等候半小時，印傭姐姐説：「可能你的朋友沒有上學，我們回家吧。」

「再等一會。」哈比固執道。

他們始終沒有等到陳小明，印傭姐姐説：「三文治已經不夠新鮮，待我吃掉，明日再多整一份三文治給你的朋友。」

哈比看見附近學校的學生差不多都已回家，無奈離開。

第二天早上，他跟印傭姐姐提早上學，在陳小明

學校附近等他，沒多久看見小明和姐姐一起上學，哈比跑過去拍了小明手臂一下，小明反應極大的喊痛，哈比連忙說：「對不起，對不起，我不知道那麼大力。」

小明痛得雙眼滿是淚水，但強忍淚水，不讓眼淚流下來，顯得有點面容扭曲，無法說出話來。

哈比拿出三文治說：「請你吃的，我覺得好好食。」

小明瞪大雙眼，這才任由淚水滾下，雙手接過透明密實袋的三文治，拿一半給姐姐萱兒，只見萱兒雙眼發亮地拿起就食，然後見小明將半塊三文治再分一半放回密實袋裏，只吃掉手上的。

印傭姐姐和哈比都看得呆住了，印傭姐姐說：「慢慢食，明天弄兩份三文治給你們。」

萱兒和小明同時望向印傭姐姐，兩人露出難以置信的表情，哈比說：「老師教我們分甘同味，我們可以分享三文治的。」

萱兒的眼淚如斷線珍珠似的密密掉下來，哈比

不好意思看見女孩在他面前流淚，轉頭望向小明問：「你為什麼留起四分一呀？」

小明低下頭說：「留給妹妹的。」

聽到他提及妹妹，哈比想起兒童餐送的卡通貓玩具，已經放在書包多日，便翻開書包找出來說：「給你妹妹的。」

小明但覺眼前一亮，忍不住驚呼一聲：「嘩，琳琳收到一定好開心。」

「只是一個免費玩具。」哈比反而有點不好意思。

「琳琳沒有玩具的，我要靜靜給她，然後好好收藏。」

「我以後收到女孩子的玩具都留給她。」

小明笑起來。

「我明天多拿三文治來，給她一整份。」哈比豪氣說。

「不用了，不能讓人知道的。」小明說：「我要少許少許給她吃，夠了，不用更多。」

　　上學的學生越來越多，萱兒早已擦乾眼淚，輕輕說：「我們走。」

　　小明帶點尷尬道：「多謝你的三文治。」

　　「明天上學在這兒等你，我再拿給你好嗎？」

　　小明點點頭，跟姐姐轉身返回學校。

　　印傭姐姐好像自言自語又像跟哈比說：「誰打他們呢？」

　　「打誰？」哈比問。

　　「你看不見他們身上青青瘀瘀的嗎？」

　　「沒有留意啊，他們在夏天都穿長袖衫的。」

　　「一定有人打他們，老師和鄰居沒有理由看不見的。」

　　哈比問：「我要告訴他的老師嗎？」

　　「別人的學校呀。」印傭姐姐呢喃道：「印尼的窮孩子都沒有那麼瘦。」

　　「你說什麼？」

　　「沒有。」印傭姐姐說。

　　印傭姐姐每次聚會跟同鄉閒談，都會談到大家知

道的僱主有問題，但不會出聲，除非看見同鄉被人虐打。她們沒有忘記自己是外傭，故鄉還有一家大小等她們寄錢回去，多管閒事沒有好結果的。

哈比連續三日在上學前等候陳小明，但三日都等不到，連他的姐姐都沒有上學。

爸爸在星期五晚跟他一起吃晚飯，他問：「爸爸，我要怎樣做才可以聯絡我的朋友陳小明呢？」

司徒先生像聽到世上最離奇的問題，好像問他怎樣聯絡恐龍似的，強忍笑意，正色說：「你可以發短訊或打電話給他。」

「我沒有他的電話號碼。」

「電郵呢？社交平台呢？你的朋友跟你不同學校嗎？可以去他的學校找他。」

「我問過他的同學，他和姐姐連續三日沒有上課。」

「可能一家人去旅行，或者生病啊。」

「我怕他被繼母打死或餓死他。」

「別傻，打人犯法的，你別誇張。」

「小明不肯說清楚，不過，他的姐姐曾說媽媽要餓死他們。」

「到底是繼母還是媽媽？」

「她是萱兒姐姐的媽媽，也是小明和琳琳的繼母。」

「你連小明的電話都沒有，又沒有他的地址，我們不能做什麼，如果真是虐兒，萱兒和小明的學校社工會跟進。琳琳讀書沒有？」

「讀幼稚園。」

「我記得了，你說過他們的事情，小學老師會跟進的，幼稚園的老師都會跟進，我們跟他們非親非故，不能胡亂說人虐兒，虐兒犯法的。」

「媽媽會虐待哥哥和她的繼子嗎？」

「不許你這樣說媽媽。」

「媽媽和哥哥移民外國，她會像陳太那樣打罵孩子嗎？」

「媽媽有打你和哥哥嗎？」

哈比想了想說：「沒有。」

「媽媽不會打罵孩子的，無論是以前、現在還是未來。」

「爸爸，你和媽媽為什麼離婚？」

「大人的事，哈比長大後自然明白。」

「我想現在明白呀。」

「今晚爸爸有空，晚飯後陪你溫習，你快點吃飯，別不斷說話。」

「爸爸，老師說父母都為孩子好，以前的人說天下無不是的父母。」

「對啊，你知道爸爸多疼愛你。」

「爸爸，你和老師經常說世上有好人和壞人，街上有不少壞人，不讓我自己上學，又教我別隨便跟陌生人說話。既然世上有壞人，難道全部壞人做父母後都會變成好父母嗎？壞人做父母後應該是壞父母啊。」

「哈比，快點吃飯，吃多一點，快高長大。」司徒先生只管催促兒子吃飯，無意繼續他帶起的話題。

哈比悶悶不樂地問：「爸爸，你可以幫助他們

嗎？」

「他們有父母照顧，無論是否親生父母，他們都是陳小明和他兩個姊妹的正式的監護人，我不知道他們可要幫忙，也不知道要怎樣幫啊！」

「大人總是這樣的，不想做的事就說做不到，你不想幫助他們。」

「仔仔，專心吃飯，星期六放假，今晚可以一齊看球賽。」

「星期六要返學練籃球呀。」哈比說。

「你打算放棄體操？」

「嗯，不過，體操教練說我可以照樣一起練習，但練習太多又沒有時間做功課。」

「不如兩種運動一起練習，你成績不錯，我和你媽媽不要你考第一，只要你做個快樂善良的人，你繼續練習，感受一下喜歡哪項運動，直至無法分配時間，才專心練一樣。」

「我可以嗎？」

「我跟你的老師說，你在小五參加校際體操比賽

得到兩個銀牌，這樣中斷很可惜，説不定，我的仔仔可以做體操王子呀。」

「我的夢想可以由球星變為體操王子嗎？」

「當然可以，體操王子跟籃球球星一樣光芒四射。要是哈比的夢想是做個好人，一樣可以。」哈比想起可以跟爸爸一起看籃球比賽，開心起來，連忙專心吃飯，陳小明一家的事畢竟是別人的事。

哈比沒料到那是最後一次看見小明，以後的事都在新聞裏知道，他們更成為街頭巷尾的閒談對象，突然之間，四周的人都像很關心這三個小孩。

司徒先生最先在手機看見新聞報道，指年輕父親和繼母涉嫌虐待幼童，令幼童重傷，因而被捕，女童的哥哥和姐姐同樣長期被虐打和因食物不足引致營養不良。看罷新聞，他沒想過那是哈比的朋友，拇指一推看下一宗新聞。

司徒家的印傭姐姐跟其他印傭姐姐談起小女孩被虐待，憂慮在故鄉照顧她們子女的人虐待孩子。

哈比在學校聽同學説附近有個幼稚園學生被父母

虐打，重傷入院。

他們沒有在第一時間想起新聞的主角是認識的人，待琳琳的生活照和新聞在傳媒和網絡鋪天蓋地湧現，哈比才知道新聞報道的是陳小明一家。他想，如果他是六呎高的超人，或是蝙蝠俠，他一定會救出琳琳，甚至將小明和萱兒也救出來，可惜，他只是小學生。

每天都有新的事情發生，琳琳事件慢慢在新聞和城市話題淡出。萱兒和小明由政府部門照顧，沒有再上學。新聞報道説，他們將會由其他親人照顧，轉到其他小學讀書。

哈比最後一次看見小明的新聞是關於琳琳的出院，記者拍攝到她的哥哥將她心愛的卡通貓玩具帶給她，哈比從圖片認出，那是他送給小明的。他為這樣的事情難過，同時為琳琳喜愛他送的玩具高興。

哈比不知怎樣形容這樣的心情，窗外大雨滂沱，哈比好想跟大人談論他不明白的事情，但爸爸總是很忙，他只好找出信紙，決定寫信。

親愛的關老師：

你好嗎？

關老師知不知道有個小女孩琳琳被父親和繼母虐待，傷得很重？新聞報道說她的哥哥報警，她才可以入醫院治療。她的哥哥是我的朋友，他叫陳小明，很瘦小，我留意過，這區的高小男生之中，只有他比我矮的。

我覺得不開心，以後不能再見小明和他的姊姊萱兒，還有他的妹妹琳琳，我想知道，大人為什麼要虐打小孩？是不是所有繼母都會打傷繼子繼女的？

看見小明對琳琳那麼好，我想起我的哥哥，他跟媽媽移民了，哥哥的繼父會虐打他嗎？我好掛念媽媽和哥哥，我好想再見他們。

媽媽說過，人生在世，總要有夢想的，但她罵爸爸夢想做籃球明星是妄想，我到今日仍不明白夢想和妄想是怎樣分的。

　　最近只有一件開心的事，我問好朋友小博士是否笑我侏儒，才知道他們在背詩，最後一句是「遍插茱萸少一人」，我誤會「茱萸」是「侏儒」，你說好不好笑？

　　如果我長到這個高度就沒有高下去，讀中學時，真的被同學取笑我是侏儒，我可以怎樣做呢？

　　我不知怎樣寫下去了，我不明白大人的世界，我不想長大，如果可以永遠讀小學，不用為升上中學煩惱就好了。

　　祝
你的書越來越好賣

小克上

親愛的小克：

謝謝你的問好和祝福，我很好，我的書也好賣，你呢？你的成績有進步嗎？

全世界都關注虐待兒童的新聞，除了肉體的虐待外，還有精神虐待，如果你發現同學和朋友有這樣的煩惱，記得跟師長說，文明社會都有法例保障兒童身心健康成長的。

我們喜歡的人永遠活在我們心裏，即使你現在不能再見小明、萱兒和琳琳，說不定有天可以再見，你要努力讀書和運動，讓所有喜歡你的朋友跟你一起健康成長。

大人的世界當然比兒童世界複雜，以你和爸爸為例，你只要做個好孩子就成了，但你的爸爸在你的祖父母跟前要做個好孩子，在你的媽媽眼中要做個好丈夫，嗯，即使離婚，依然要做個好前夫，在

你面前要做個好爸爸，上班就要做個優秀人才，跟朋友一起就是值得信任的朋友，他的生活遠比你的複雜，所以，你有時都要體諒父母並非萬能的。

大人的世界自有精彩一面，長大有長大的樂趣，你要好好學習，長大後才有能力照顧自己，以至愛護和照顧身邊的人。

你掛念媽媽和哥哥的話，寫信給他們就是。你懂得寫信給我，為什麼不懂寫信給你最愛的人呢？或者，你可以邀請他們回來參加你的小學畢業禮或比賽。

祝

生活愉快

關麗珊

　　這次回信比先前的慢，足足等了兩個星期才收到她的信。哈比拆閱後，感到有點失望。哈比覺得自己喜歡的作家變成其他大人一樣，解釋等於沒有解釋，說了等於沒說似的。

　　她好像不覺得「茱萸」和「侏儒」的誤會好笑，也沒有回應他對身高的困擾。但最實在的是，她提醒哈比可以寫給媽媽和哥哥，哈比決定給他們寫信。

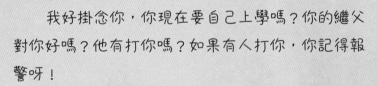

親愛的哥哥：

　　你好嗎？

　　我好掛念你，你現在要自己上學嗎？你的繼父對你好嗎？他有打你嗎？如果有人打你，你記得報警呀！

　　我希望你和媽媽可以回來探望我和爸爸，我快要小學畢業，你們可以回來參加我的畢業禮嗎？

　　我真的掛念你們，希望你們生活得好好。

　　祝
生活愉快

弟弟上

親愛的媽媽：

　　我是克克，我好掛念你和哥哥，你們可以回來參加我的畢業禮嗎？

　　我有許多話想同你講。

　　祝
生活愉快

　　　　　　　　　　　　　　　　　　　克克上

　　一口氣寫完兩封信後，哈比覺得更失落，他有許多事情想跟哥哥和媽媽說，但不知怎樣寫，連最後的祝福句都照用作家祝他的「生活愉快」。他想起媽媽只帶哥哥離開，覺得他們變得陌生，不知他們收到信後有何反應，不知他們可會回信，更加不知他們可會回來參加他的畢業禮，他覺得好失望，但不知道為什麼失望。

親愛的關老師：

　　你好嗎？我不好，我覺得不開心呀。

　　我已經寫信給媽媽和哥哥，不知道他們會不會回信給我，希望他們像你一樣，每一次都會回信。我始終相信媽媽因為我不及哥哥長得高而不要我，我好討厭我是哈比人。

　　我上次問你如果讀中學仍被人笑我侏儒應該怎樣做，為什麼你沒有回答呢？

　　祝
生活愉快

　　　　　　　　　　　　　　　　　　小克上

　　哈比將三封信交給印傭姐姐，着緊說：「你記得去郵局寄信，兩封寄去外國的，你記得貼足夠郵票呀。」

「知道了，明天早上送你返學之後，我等郵局開門就去寄信。」

「謝謝你。」哈比說。

印傭姐姐一怔，笑說：「哈比真乖。」

「謝謝。」哈比笑說：「今日的中文科老師教我們感恩，要對每個幫助我們的人說謝謝。」

「你的老師真好，哈比上學開心嗎？」

「大部分時間開心，不過，現在見不到陳小明，他們不能再吃你的三文治，我想起就不開心。」

「他們在其他地方一樣有人待他們很好呀。」印傭姐姐說。

哈比點點頭，希望他們真的可以生活愉快。

每日放學回家，哈比總是第一時間問：「有沒有信？」

印傭姐姐每天回答：「你要耐心等候呀，我寄禮物給家人，他們都要等一段日子才收到。」

哈比在心裏說等了許久啦，大概一星期後，印傭姐姐不待哈比發問，見他練習體操後走出校門，立即

説：「有信啦，有信啦。」

哈比開心得跳起來，不知道是作家回信，還是哥哥回信，抑或是他心底裏最期待的媽媽回信，連跑帶跳趕回家去，不斷催促印傭姐姐説：「快點呀，快點呀，我要快點回家。」

「先生説不許你在街上跑的。」印傭姐姐邊走邊説。

哈比急不及待回家，發現只有作家回信，而非媽媽和哥哥的回信，竟然有點失望。不過，只是失望三秒鐘，隨即拆信細讀。

親愛的小克：

你是寫信給我最多的讀者，我當然關心你的身心成長。所以，我必須跟你説，你實在太在意自己的外形和高度，將時間花在不必要的事情之上。

哈比人就是哈比人，巨人就是巨人，天生如此，各自有生存意義。哈比人想做巨人，巨人想做哈比人，豈不是自尋煩惱？

　　英國最矮的女孩子名叫 Georgia Rankin，今年十九歲，比你大幾歲，已經過了發育年齡，不能再長高了，因為她有發育不全症，現在高兩呎七吋，相信你在兩歲的時候都比她高。跟侏儒症一樣，發育不全症令患者無法長高外，還要每日忍受關節和肌肉的痛楚，他們比正常人面對更多身心痛苦。Georgia 經常感到全身劇痛，但她最愛展示燦爛笑容，她跟所有病友和沒病的人說，世上最有效的鎮痛力量就是打從心底裏笑出來，期待以笑臉感染其他感到痛苦的病人。

　　侏儒並不好笑，如果你看見有人以侏儒取笑人，你只要冷靜問對方到底有什麼好笑即可。

　　如果你再為身高和別人的目光寫信給我，我不會回信。

　　希望你可以信任自己，自愛愛人。

關麗珊

第四章
體操小王子

換上運動衫後，哈比發現自己早到，其他同學還未回校，只有籃球隊教練在檢查籃球，他走到操場一角跟教練打招呼，教練一臉愕然問：「你不是重返體操隊嗎？」

「多謝兩位教練讓我可以兩樣都可以練習。」哈比説。

「別多謝我，我不贊成的。你多謝體操教練好了，他懇求我讓你一試，好讓你死心，專心練體操，你的身型和才能適合體操訓練。」

「NBA史上最矮的球星只是高五呎三吋，矮小的籃球員更靈活，我有我的優點。」

「誰教你這樣説？」教練問。

「大人教的。」哈比説：「我的同學袁小博説，

科學精神是大膽假設，小心求證，我現在要做一個實驗，我分別練習籃球和體操，然後決定在哪一組好好練習。」

「體操教練太縱容你，從來沒有學生可以這樣。你根本沒有打籃球的熱情。」教練不滿說。

「我有，我好喜歡打籃球。」

「你喜歡做球星，並非喜歡打籃球。」教練清楚說：「籃球是團體運動，跟體操主要是個人運動不同。你說你喜歡打籃球，你可以說出隊友的名字和打籃球的專長嗎？」

「我⋯⋯我知道小五乙的鍾紀嵐最高，他最擅長走籃。嗯，小六丙的⋯⋯我忘記姓名，他最叻控波，還有⋯⋯」

「還有呢？」

「沒有了。」哈比沮喪道。

「你只記得隊長的事情，其他人的都記不住，你真是喜歡打籃球嗎？你關心隊友和比賽策略嗎？你懂得跟隊友合作嗎？你會在打波後跟他們討論得失，小

息會約在一起閒聊走籃嗎？」

「我要做功課和温書，我並非想練習後即刻走，不過，每次有課外活動，我的工人姐姐會來學校門口等我，我不想她等太耐。」

「你回去體操隊好了，教體操練認為你是可造之材，處處維護你。我認為你不適合打籃球，跟高度無關，主要因為你並非熱愛打籃球，跟隊友沒有交流。所有NBA球星都懂得跟人合作，一場籃球賽並非只有入籃，還有帶波、交波、攔截和閃避等，全部都要合作，隊友之間要有感情和默契，沒有人交波的話，米高佐敦跳得再高都無法入樽的。」

哈比從未聽過大人這樣跟他説話，雙眼通紅。

「你喜歡哪隊球隊？」

「大鷹隊。」哈比想了想説。

教練皺眉問：「哪一隊？」

「阿特蘭的大鷹隊。」

「噢，那是『阿特蘭大鷹隊』，『阿特蘭大』是地名，『鷹隊』才是隊名，可見你並非真心愛看籃球

賽，只是追看球星。」

哈比低下頭來，不知可說什麼。

教練用手輕按哈比的肩膀說：「哈比，你有體育天分，應該在最適合的場地發揮。教練的責任是發掘和帶領運動員充分發揮天賦，所以，我跟你說這番話，待你長大後，自然明白。」

「個個都說我長大後自然明白，我不想長大後明白，我要現在明白，教練，你是否不准許我參加籃球隊？」

「假如有個女孩擅長跳芭蕾舞，芭蕾舞導師很喜歡她，用心栽培她成材。不過，女孩想跳爵士舞，爵士舞導師認為她天分不足，希望她專心跳芭蕾舞，你認為爵士舞導師應否勸她離開爵士舞班呢？」

「應該啊，好讓她專心練芭蕾舞。」哈比說。

「那麼，我勸你專心練體操，你還有什麼不明白呢？」

哈比怔在當場，他覺得好混亂。

籃球隊隊員一個又一個的走到操場，教練點名

後，跟大家宣布：「這是司徒克同學最後一次跟我們練習，大家要好好照顧他。好吧，現在開始熱身，圍住操場跑十個圈。」

哈比努力跑圈，隊友跑過他的時候說：「哈比，加油！」

哈比想回應一句，但想不起隊友的名字，然後見他跑過。

另一隊友跑過他的時候說：「跑快一點呀，哈比。」

哈比望向他的側面，同樣想不出他的名字。

再有隊友跑過他，刻意跑慢一點說：「最後一次好好練習，我們看過你的體操練習，很好呀。」

哈比難過起來，這才知道教練是對的，他根本沒有留意其他隊友，但個個隊友都留意他，並非因為他是全隊最矮，而是因為他們是整隊人，每個隊友都互相關心的。

籃球訓練後，教練說：「大家都努力練習，尤其是司徒克同學，哈，還是叫你哈比親切一點。哈比今

日練習得很認真，跟隊友也有交流，遲點就算不是籃球隊隊友，你都可以約大家打籃球的。」

隊友一起為哈比鼓掌，哈比很感動，完成最後一次籃球練習，他一定要努力練體操的。

「散隊！」教練宣布。

隊長鍾紀嵐説：「我們再玩捉龜啦！」

「好啊！」三個隊友説。

「我要回家了。」其他隊友開始離開，有個邊走邊説。

「要做功課呀，下次先啦。」另一個説。

「哈比，你玩嗎？」鍾紀嵐問。

「玩。」哈比説：「不過，我要先通知門外的工人姐姐遲半小時再來接我。」

「我們一邊玩一邊等你。」鍾紀嵐説。

哈比跑出校門，看見工人姐姐已在門外等他，跟她説：「我多玩一會，你在快餐店等我好了。」

「嗯，我坐在那兒等你。」工人姐姐説。

哈比跑回去的時候，想起教練説他沒有團隊精

神，他說要做功課和工人姐姐等他，此刻想起，他並非做不到，只是不願做，要跟隊友玩的話，他總可以跟印傭姐姐先說一聲，然後擠出時間的。

跑回球場的時候，哈比聽到大家在笑。

「籃板王，你又輸了。」幾個隊友不停笑不停說：「又是你啊。」

「站好。」

「我們要捉龜了。」

哈比問身旁的隊友：「怎樣玩的？」

「你試試這樣投籃，投籃三次不中的話，就要做龜。」隊友一邊說一邊示範，站在固定位置投籃，哈比見他穿針入籃，不覺張大嘴巴，說：「好利害啊。」

「才怪，個個都做到啦，我們站得這麼近，你試試看。」

哈比投籃第一次不中，幾個隊友笑了一陣子，然後為他打氣：「專注望住籃圈，再來一次。」

哈比再試，射向籃板，第三次連籃板都不中，隊

友笑起來，説：「你要做龜了。」

哈比皺眉問：「怎樣做？」

「跟籃板王一起站在那兒，背向籃板。」鍾紀嵐説：「我們一人擲一球向籃板，籃球會彈回你們的背脊，就是掟中龜背。」

「嘩，好殘忍呀，會痛嗎？」哈比問。

全部人大笑起來，包括做龜的籃板王，他拍拍哈比的肩説：「你太誇張了，痛就不算痛，不過，投籃輸了，做龜的感覺很差而已。」

「明白了。」哈比説。

不知隊友刻意留手還是真的擲不中，每次都見籃球在身旁彈開，從來沒有打在他們的背部。

「我要走啦，媽媽夠鐘下班來接我。」

「我都要回家了。」

大家開始揮手告別，籃板王問哈比：「你是否去快餐店？」

「你怎知道？」

「我有時見你的爸爸或工人姐姐在那兒等你，還

有次見你和小博士去買雪糕。」

「你見到我，為什麼我看不見你？」哈比問。

「你沒有留意其他人呀。」籃板王邊走邊說。

「你打籃球好叻嗎？為什麼叫籃板王呢？」

「老師說這是反諷，我是全隊最差的一個，他們稱我籃板王，諷刺啊，怎及你的花名哈比那樣貼切。」

哈比感到有點生氣，同時怪責自己仍為「哈比」兩字生氣，想了想，問：「你每次都做龜嗎？」

「對呀，每次都是我做的，誰叫我擲球最差？」

「你還跟他們玩？」

「為什麼不玩？」籃板王笑說：「我總有一天投籃進步，只要有入球，到時就不用做龜，說不定，我會再高幾吋，遲點可以做『入樽王』呀。」

「你做龜都做得那麼開心，做到『入樽王』是否日日開心到飛起？」哈比笑問。

「媽咪教我，開心可以過一日，不開心也可以過一日，既然這樣，每日過得開開心心就好了。」

「你媽咪真好。」

籃板王輕輕一笑，想說什麼，但最終沒有說，只是經過快餐店時，站定跟哈比說：「我先走了，你快進去吧。」

「嗯，下次再跟你們玩捉龜。」哈比說。

「好呀，有人陪我做龜多好。」籃板王笑說，他笑起來，嘴巴兩角像伸展到耳朵似的，哈比看見他就想笑，然後見籃板王高高興興離開，哈比覺得他的背影都在笑。

哈比想起作家的信，面對痛楚最有效的方法就是笑，不知不覺笑起來，不知道印傭姐姐在快餐店看見他，已經走出來，站在他面前問：「你為什麼一個人站在這兒笑？」

「我有笑嗎？」哈比摸摸自己的臉，然後說：「我今日是最後一次跟籃球隊練習。」

「你以後不打籃球嗎？」印傭姐姐驚訝問：「先生知道嗎？」

「我專心練體操，不過，我可以跟他們一起玩捉

龜的。」

　　印傭姐姐不明白哈比説什麼龜，但見哈比一日比一日快樂，只管笑起來。

　　哈比專心練習體操以後，發現練習體操比小五時辛苦得多。每次練習前要熱身，練習後要練體能，令哈比有點後悔練體操，恨不得將時間用在打機之上。

　　這次放學後練習，大家都見教練比平日嚴肅，練習體能之後，教練沒有像平日一樣説句散隊，反而要大家集合起來説：「遲點有小學校際體操比賽，我已經選幾個同學參加訓練，你們帶通告回家給家長簽名，我會安排訓練。不用參加比賽的同學如常練習，到時一起去看比賽，為隊友打氣。」

　　同學開始低聲説話，小胖子程武説：「我一定選不上，我肥。」

　　「程武，我選你和哈比參加跳馬，你要加緊練習。」

　　「真的嗎？教練，你沒有騙我嗎？哈比跳得比我好呀。」程武不能置信似的説。

「你的彈跳力和爆炸力不比哈比差，但你的身體太重，跳馬不及哈比輕盈，減少食零食，準備出賽。」

程武大笑起來，教練問他：「很高興嗎？」

「很高興，非常高興，十分高興，我第一次參加比賽，父母和爺爺婆婆可以來看嗎？」

「每個選手只可以有兩個親人來看比賽，你決定誰來看吧。」

「哈比，除跳馬外，我還幫你報了單槓和自由體操，你參加最多項目，說不定可以跟大會要求多一兩個觀眾限額的。」教練說。

「不用了，說不定爸爸沒空前來，我的兩個限額可以給程武或其他隊友。」哈比說。

「好啊，到時爺爺嫲嫲公公婆婆爸爸媽媽全部都可以來。」程武說。

「家裏的狗狗要來嗎？」教練問。

「好啊，家裏的狗狗有狗門票嗎？」程武笑問。

教練笑起來說：「回家發夢吧，發夢才可以帶狗

狗來看你的比賽。」

程武摸摸自己的頭傻笑，其他隊員都為想像起狗狗觀眾而笑起來。

教練讀出參賽學生名字，有人高興，有人失望，到最後一個名字，大家都沒有想過是徐薇。

「徐薇參加平衡木。」

「我可以嗎？」徐薇怯生生道。

「當然可以，你平衡能力好，姿勢也優美，好好練習。」教練說，然後轉頭跟全部學生說：「大家有沒有問題？沒有問題可以回家了。」

小五的丁芷蘭低聲問：「教練，我可以參加自由體操嗎？我有信心做得好的。」

教練想了好一會，轉向小六的王茵儀問：「如果你不想參加比賽，可以由丁芷蘭參賽的。」

「教練，我好想參加比賽呀。」王茵儀說。

「丁芷蘭，我只能挑選平日練習成績最好的同學參賽，你很努力練習，不過，前手翻沒有王茵儀穩定，你願意跟我們一起練習做後備選手嗎？」

丁芷蘭雙眼泛起淚光，點點頭説：「好啊。」

「你們快點回家吃晚飯和做功課，明日放學，參賽的選手要練習，其他同學就照平日的時間表練習，明白嗎？」

「明白！」全部同學一齊説，然後各自回家。

參賽選手練習當日，程武跳馬失手，幸好教練和隊友在左右兩邊接住他，如果是正式比賽，他一定重重撻在地上。

「專心練習，分心很易失手的。」教練跟程武説，同時向所有學生説。

「我好想贏呀，像我這樣的胖子，第一次可以參加校際比賽，我的爸爸媽媽知道都很開心，爺爺嫲嫲公公婆婆都開心，個個都等我拿獎牌……」程武説到這兒，望向教練説：「教練，我讀書成績不太好，好想贏一次讓家人高興呀！」

有些同學見程武急得哭起來，紛紛安慰他説：「肥仔，別哭。」或「小胖子，不要哭。」

程武聽到大家左一句肥仔右一句小胖子的勸他，

哭得更傷心，肥仔都想站在頒獎台上光榮一次的。

　　「每次比賽都有輸贏，我選你們代表學校出賽，你們已經贏了。運動員最重要是心理質素，平日用心練習，提升自己的能力，每次比賽全力以赴，已經做到最好，無論勝敗都是開心的。」教練認真說。

　　「教練，我們可以在比賽追尋夢想嗎？」站在教練附近的哈比問，全部學生都瞪大眼睛望向教練，大家都想知道參加比賽是否等同實現夢想。

　　教練想了想，說：「有人開玩笑說，沒有夢想，人和鹹魚沒有分別。追尋夢想是好的，老師讀小學的時候，曾經夢想做體操王子，如程武所說，站在台上領獎真是感到光榮和激動。可惜，我練習單槓受傷，無法繼續我的體操王子夢想。不過，現在做體操教練，依然是我的夢想，希望教導新一代的體操小王子和體操小公主，同時夢想教導每個孩子喜愛運動，個個學生品格高尚兼心理質素良好。」

　　「好複雜啊。」徐薇吐吐舌頭說。

　　「大人的世界就是這樣複雜的。」哈比老氣橫秋

地說。

「不算複雜，夢想要遠大呀，難道我的夢想是食雪糕嗎？想做而輕易做到的是想法，透過努力和堅持才能做到的是夢想，即使做不到，我起碼有過夢想。」教練說。

「教練，我以前夢想做籃球球星，現在夢想做體操王子，一樣是夢想嗎？」哈比問。

「哈比，我們的夢想最好對自己和世界有好處，而非單單為了掌聲和榮耀。你去打籃球，是想做最出色的球星，還是想做球星出名然後拍廣告呢？夢想並非貪慕虛榮，而是發揮天賦，加上努力，讓世界變得更美好。」教練笑說：「好像這次比賽，我當然希望你們個個拿金牌，同時拿走全場總冠軍，這樣的成績對教練來說是極大榮耀。不過，只要你們盡力參賽，學識體育精神和武德，就算沒有獎牌，教練依然為你們喝彩。」

「教練，什麼是武德？」將要參加單槓比賽的宋志圓問。

　　「這個比較複雜，學武的人要有學武的道德操守，簡單如不能以武力欺凌弱小，就是武德。」教練說。

　　「程武，你有武德嗎？」宋志圓轉向程武笑問。

　　「我當然有武德，我什麼都得呀。」程武傻乎乎說，全班學生大笑起來，連同教練都忍不住笑。

　　在笑聲中，大家突然聽到丁芷蘭的哭聲，她哭到蹲在地上，很是傷心似的。

　　全班呆住了，教練即時蹲在丁芷蘭跟前，輕輕問她：「丁芷蘭，別哭，有問題可以跟教練說，別哭啊。」

　　「嗚……嗚……」丁芷蘭只管哭，女同學都蹲在她附近安慰她，王茵儀給她乾淨的手帕抹眼淚，輕輕說：「你先跟我們說呀！」

　　「嗚……嗚……」丁芷蘭邊哭邊說：「嗚……教練……嗚……我……我對不起你們……嗚……」

　　教練溫和道：「慢慢說，你沒有對不起我們啊。」

「嗚⋯⋯我⋯⋯我有呀⋯⋯嗚⋯⋯我想比賽⋯⋯我⋯⋯我想王茵儀受傷⋯⋯我⋯⋯嗚嗚⋯⋯我想⋯⋯嗚⋯⋯我想練習時推跌她⋯⋯嗚⋯⋯嗚嗚⋯⋯我好衰呀。」

王茵儀聽罷有點生氣，她一直希望丁芷蘭可以一起出賽，沒料到她想自己受傷退出，讓她能夠比賽。

「別哭。」教練說：「你原先的想法的確很壞，不過，你知道錯了，也說出來讓大家知道，改過就是。」

「嗚⋯⋯王茵儀，對不起⋯⋯嗚⋯⋯教練，對不起⋯⋯嗚⋯⋯嗚⋯⋯」

「王茵儀，你原諒丁芷蘭嗎？」

王茵儀想起平日一起練習的開心片段，低聲說：「我不知道。」

徐薇說：「我是丁芷蘭的隊友，我原諒她，她已經說出來，代表她不會做那樣的壞事。」

「我都原諒她。」哈比說。

「原來可以參加比賽已經贏了。」程武喃喃道，

然後大聲跟丁芷蘭說：「我原諒你，你繼續努力，說不定讀中學時可以參加比賽。」

「我都原諒你呀。」同學紛紛說，有些女生走去抱住丁芷蘭，丁芷蘭開始抹乾眼淚，說：「謝謝你們。」

「王茵儀，你原諒丁芷蘭嗎？」教練問。

丁芷蘭走到王茵儀面前歸還手帕，渴望得到她的原諒。但見王茵儀拒絕拿回手帕，全班人怔在當場，以為王茵儀生氣至此，沒料到她說：「手帕送給你，當作紀念我原諒你。」

丁芷蘭難以置信似的瞪大眼睛，不禁破涕為笑。

哈比笑說：「又笑又喊，又喊又笑，大家都原諒你了。」

丁芷蘭說：「謝謝大家，謝謝王茵儀。」

教練說：「丁芷蘭，如果你為了出賽而令王茵儀受傷，一定會被逐出體操隊，學校還會記過，甚至要負法律責任，幸好你沒有這樣做。現在知道這樣想也是錯吧，我們不能在思想上傷害別人的。你要比賽的

話，應該是練習得更好，當你成為全隊最出色的，我自然會派你代表學校比賽。」

「明白了。」丁芷蘭低頭説。

「教練，我們今日沒有時間練習了，我未練單槓呀。」宋志圓突然説。

「我們在練習呀，運動員除了練習技巧外，還要學懂體育精神和武德啊！」教練説：「這一課很重要，大家明白嗎？」

「明白啦。」全部學生一齊説。

「程武，你説，你明白什麼？」

「我明白我肥胖，身體重，如果跳馬未能拿獎，就是我練得不夠好，身體不夠輕，不能怪責別人，不能説哈比搶走我的出賽機會。教練，我會少吃一餐的。」

「你一日吃多少餐？」教練問。

程武不停數手指説：「早餐、小食、小食、午餐、下午茶、小食、晚餐、宵夜……一日八餐。」

全部人笑起來，教練説：「一日三餐已經有足夠

營養，你可以少食五餐。」

程武抓抓頭皮說：「不吃零食會肚餓的。」

「運動員要有很高的心理質素，先要戒掉對身體無益的習慣。」教練說。

「教練，如果夢想可以經常改變，還算夢想嗎？」哈比問。

「只要每次對自己的夢想認真，無論如何改變，你的夢想都是你的。」教練說：「我現在的夢想不單是培養新一代成材，還希望教過的每個學生都可以正直善良活一輩子，你們可以幫我完成夢想嗎？」

「可以。」大部分學生即時回答。

丁芷蘭怯生生問：「我是否不正直不善良？」

「不，你已經說出來，大家原諒你，只要以後做個正直善良的人，沒有人可以說你不是。」教練說：「你不用羨慕王茵儀可以參加比賽，當你練一字馬感到痛楚就放棄的時候，王茵儀一直練習，回家繼續練，現在可以落大字馬。我們總是看見別人成功一面，卻忽略別人苦練的時刻。世上沒有不勞而獲的

事，尤其是體壇，全部人都是一分耕耘一分收穫。」

「教練，我明白了，我會做個正直善良的人。」
丁芷蘭笑説。

「好啦，真的夠鐘解散，大家在比賽前注意健康
和飲食，努力練習。程武，一日四餐好了，比教練一
日三餐多一餐了，別任由自己胖下去。」

「知道了。」程武訕訕然説。

哈比覺得今日的練習比平日的充實，教練很少跟
他們説那麼多話，他現在明白夢想一直存在，但要他
努力實踐才能達到目標。

回家後，他寫信給上次罵他的作家。

親愛的關老師：

　你好嗎？

　你上次罵得我很兇，我現在明白了，我知道不
應該介意高度，這次我不是問你身高的問題，希望
你能回信給我。

　　我退出籃球隊了，不過，我可以跟籃球隊的朋友打籃球的。我現在只參加體操隊一項課外活動，遲點會代表學校參加校際比賽，我希望媽媽和哥哥回來看我的比賽和畢業禮，我已經寫信給他們，但他們沒有回信，我好難過。

　　謝謝你一直回信教導我，我以為自己會為媽媽和哥哥不理會我而難過許久，不過，我重讀你的回信，就知道要學英國那個發育不全症少女一樣，每天打從心底裏笑出來，就可以面對世界的痛楚，我現在不難過了。

　　我以為別人不喜歡我因為我矮，我以為無法達成球星夢想也是因為我矮，現在知道跟我的高度無關。以前不喜歡別人叫我哈比，後來習慣了，但不算喜歡，現在知道哈比只是一個稱號，沒什麼大不了，我會笑住回應的。

　　你有夢想嗎？我祝你夢想成真！

　　　　　　　　　　　　　　　　　　哈比上

親愛的哈比：

　　高興看見你的成長，你比當年讀小六的我聰明得多，明白的道理可不少。

　　名字只是外號，在我們出世以前，月亮就是月亮，即使古人稱月亮為飯桶，月亮依然美麗，但詩人寫月亮的詩就有點大煞風景。

　　蘇東坡有首詞為離別多年的弟弟而寫，收筆是：「人有悲歡離合，月有陰晴圓缺，此事古難全。但願人長久，千里共嬋娟。」

　　簡單解釋這幾句的話，就是說縱使分隔千里，大家仍可欣賞同一月色，仍在同一月亮下生活，蘇東坡和弟弟如是，你和哥哥及媽媽也如是，我們都在欣賞同一月色，只要大家有感情，親情永遠存在。

　　這首詞最後兩個字「嬋娟」並非女孩的名字，而是月亮的名稱，總比「千里共飯桶」動聽悅目吧？

　　無論別人稱呼你全名，還是簡稱，都是親切的稱謂。當然，你可以拒絕不喜歡的名稱，如果有人喚你飯桶，你可以跟對方說你希望別人怎樣稱呼你。

　　體操是很好的運動，祝願你可以成為體操小王子！

　　　　　　　　　　　　　　　　　關麗珊

　　哈比收到回信後，臉上泛起很大很大的笑容，即使沒有人稱他體操小王子，他都可以朝體操小王子的夢想出發，甚至不必將夢想主動告訴別人，自己知道努力的方向就是。

　　星期天跟爸爸去餐廳吃早餐時，哈比問：「我比賽那天可以有兩個人來看，你來嗎？你不來的話，我想將兩個觀眾位讓給隊友。」

「我和朋友來看你比賽，你留兩個位給我們。」

「張叔叔來看嗎？抑或袁安娣呢？爸爸肯定來嗎？」

「你專心練習好了，爸爸會來看你比賽的。」

哈比笑起來，説：「你來看就好了。」

「你最近經常笑，有什麼開心的事情，可以告訴我嗎？」

「我練習打從心底裏笑出來呀！」哈比笑説。

「你笑得很可愛，多點笑。」

「好呀，爸爸，你都多點笑好嗎？」

「咿……」司徒先生裝作苦笑的露出上下兩排牙齒，哈比咔咔咔的大笑起來。

附近的食客望向他們，司徒先生笑説：「別這樣笑了，其他人以為我們傻的。」

「傻瓜父子啊。」哈比笑説。

比賽前一天，小博士問哈比：「我想來看你比賽呀！」

「不能呀，每個參加比賽的選手只能帶兩個觀

眾，爸爸和朋友來看，你沒有位了。」

「你的媽媽不來看嗎？」

「她不來看了。」哈比想了想説：「爸爸和媽媽已經離婚，媽媽帶同哥哥跟一個很高很高的叔叔結婚，然後，去了外國居住。」

小博士驚訝得張大嘴巴，説：「你現在才告訴我。」

「我怕別人知道我沒有媽媽。」

「你有媽媽，只是她不在你身邊。」小博士説：「嗯，你的爸爸會否帶同你的未來新媽媽來看你比賽？」

「唔，我不知道，爸爸不肯説，我好擔心繼母虐待我。」哈比憂憂愁愁地説。

「別怕，誰敢虐待體操小王子呢？你一個側手翻就可以踢走她。」小博士笑説。

「我才不會打人。」哈比回復笑容説：「我知道只要打從心底裏笑出來，我們的生活就沒有問題的，無論繼母是怎麼樣的人，我都會對她笑的。」

「我在家裏支持你，你好好比賽呀。」小博士
說。

「我領獎的時候拍照給你看。」

「沒有獎呢？」

「沒有獎就拍沒有獎的照片給你看。」哈比笑
說。

比賽當日大雨滂沱，同是體育教師的體操隊教
練和籃球隊教練帶參賽隊員乘車來到室內運動場，參
賽隊員可以帶兩個觀眾，不少人已經到達，在場外等
候。哈比四處望張，無論怎樣看都看不見爸爸，只見
徐薇跟父母打招呼，程武走上前抱抱父母，他的父母
跟他一樣是胖胖的，也許在家同樣一日八餐，後備選
手丁芷蘭的父母都來了，哈比再望了好一會，依然不
見父親蹤影。

「你們跟大會職員去更衣室換運動衫和熱身，我
們安排前來打氣的觀眾入座後，會進場跟進你們的熱
身。」體操隊教練說。

大家跟隨職員進場，他們首次來到這個室內運動

場，需要時間適應，多做熱身練習。

比賽開始前，哈比望向觀眾席，依然不見爸爸和他的朋友。

站在自由體操的墊上，哈比充滿信心，以短小精幹的體形加上穩定的重心，在自由體操發揮得很好，完成最後一個動作前手翻後，哈比穩站地上，高舉雙手，以示完結。現場觀眾掌聲雷動，哈比在射燈下看不清楚觀眾的樣子，不知道爸爸和他的朋友是否遲到趕來，然後，他返回運動員的座位，教練拍拍他的肩以示鼓勵。

大會職員讀出評判分數，多個評判都給哈比高分。哈比笑起來，兩個教練同樣在笑。

跳馬比賽時，程武在第一跳失手，很是沮喪。沒有同時比賽的隊友都為他緊張，程武想起教練說武德，即使輸掉也要輸得漂亮。第二跳以豁出去的心情去跳，輕巧跳過，全場給他鼓勵的掌聲。

哈比跟隨程武跳馬，一跳輕盈越馬，二跳以側手翻過馬，依然跳得出色，觀眾都給他熱烈掌聲，哈比

覺得好感動又好開心，不停地笑。

最後是單槓比賽，宋志圓以小學生公開賽史上最高難度完成動作，可惜落槓時站得不夠穩定，右腳向後踏了一步，然後才能夠拍齊雙腳，舉起雙手。全場觀眾除了掌聲以外，還報以歡呼聲，宋志圓開心得流下眼淚。

教練給他大大的擁抱，笑說：「做得很好。」

哈比的單槓動作難度不及宋志圓的，只是他全套動作一氣呵成，沒有失手。最後從單槓跳下來，雙腳穩站地上，充滿自信地舉手微笑，贏得觀眾一致掌聲和評判高分。

教練跟哈比說：「做得好。」

宋志圓看見分數不及哈比，躲在一角流淚，程武發現後，上前說：「你做得好好呀，只是稍稍失手，如果我是評判，我會給你最高分的。」

宋志圓深深吸一口氣說：「我怕媽媽失望。」

「我的媽媽說我就算包尾，她都一樣愛我，今日可以跟爸媽一起外出吃飯慶祝啊。」

「我媽會打我的。」

「不會，犯法的。」程武說：「我帶了小食，一會兒在更衣室給你，你別哭了。」

宋志圓問：「薯片嗎？」

「有三種味道，我讓你先揀。」程武笑說。

宋志圓笑起來說：「我最喜歡原味的。」

「一食解千愁啊。」程武說。

比賽結束後，女子組差不多全部輸掉，只有王茵儀得到自由體操亞軍，徐薇得到平衡木第四名，沒有獎牌。男子組方面，宋志圓得到單槓季軍，哈比得亞軍，哈比還得到跳馬季軍和自由體操亞軍。

上台領獎的時候，哈比努力找尋爸爸的蹤影，但看不見，很是失望。然而，遠遠看見兩個疼愛他的教練跟他微笑，還有隊友的古靈精怪表情，足以讓他的心情好轉起來，臉上展開大大的笑容。

兩個教練忙於安慰落敗的學生和祝賀得獎的學生，然後跟大家去大堂等候家長接孩子回家。

哈比身上掛了三個獎牌，但不及宋志圓和程武開

心似的，他們跟父母抱在一起，程武的父母不斷誇讚他，哈比聽到程武的媽媽讚他是肥仔之中最靈活的，可以做體操肥王子。

哈比想笑，但想起爸爸答應前來但沒有來，實在笑不出來。

「克克，克克……」哈比彷彿聽到媽媽的聲音，心想，他太掛念媽媽，才會幻想聽到她的聲音。

「克克！」聲音越來越近，哈比向聲音方向望去，看見爸爸和媽媽走近，不覺自言自語：「莫非我有幻覺？」

「克克，媽媽呀。」哈比的媽媽走到他面前，伸手摸他的臉龐説：「媽媽呀，媽媽好掛念克克呀。」

哈比感到難以置信，然後，他感到媽媽上前擁抱他，這才懂得緊緊摟抱媽媽哭起來，媽媽抱住他説：「媽媽看了克克比賽，大個仔，跳得很高啊。」

哈比滿頭問號，望向爸爸，爸爸説：「我和你的媽媽永遠是朋友，我説過會跟朋友前來呀。」

「媽，你收到我的信嗎？為什麼不回信？」

「前日才收到，你寄的是平郵呀，空郵會快點寄到。」

「印傭姐姐寄的，哎，她寄錯平郵啊。」

「我致電找你爸爸，知道你參加比賽，即時訂機票回來。你的哥哥都收到你的信，但他要上學，不能回來，或者，你放暑假來住一陣子，日日可以跟哥哥一起。」

「媽，我好開心呀。」

「媽媽更開心，克克是我的體操小王子啊！」